Tucholsky Wagner Zola Scott Sydow Freud Schlegel
Turgenev Wallace Fonatne
Twain Walther von der Vogelweide Fouqué Friedrich II. von Preußen
Weber Freiligrath Frey
Fechner Fichte Weiße Rose von Fallersleben Kant Ernst Richthofen Frommel
Engels Fielding Hölderlin
Fehrs Faber Flaubert Eichendorff Tacitus Dumas
Maximilian I. von Habsburg Fock Eliasberg Zweig Ebner Eschenbach
Feuerbach Ewald Eliot Vergil
Goethe Elisabeth von Österreich London
Mendelssohn Balzac Shakespeare Dostojewski Ganghofer
Trackl Lichtenberg Rathenau Doyle Gjellerup
Stevenson Hambruch
Mommsen Tolstoi Lenz Droste-Hülshoff
Thoma Hanrieder
Dach Verne von Arnim Hägele Hauff Humboldt
Reuter Rousseau Hagen Hauptmann Gautier
Karrillon Garschin Defoe Baudelaire
Damaschke Descartes Hebbel
Hegel Kussmaul Herder
Wolfram von Eschenbach Schopenhauer Rilke George
Bronner Darwin Dickens Grimm Jerome Bebel Proust
Melville
Campe Horváth Aristoteles Voltaire Federer Herodot
Bismarck Vigny Barlach
Gengenbach Heine
Storm Casanova Tersteegen Gilm Grillparzer Georgy
Lessing Langbein Gryphius
Chamberlain
Brentano Lafontaine
Strachwitz Claudius Schiller Kralik Iffland Sokrates
Schilling
Katharina II. von Rußland Bellamy Raabe Gibbon Tschechow
Gerstäcker
Löns Hesse Hoffmann Gogol Wilde Gleim Vulpius
Luther Heym Hofmannsthal Klee Hölty Morgenstern Goedicke
Roth Heyse Klopstock Kleist
Luxemburg Puschkin Homer Mörike Musil
La Roche Horaz
Machiavelli Kierkegaard Kraft Kraus
Navarra Aurel Musset Lamprecht Kind Kirchhoff Hugo Moltke
Nestroy Marie de France
Nietzsche Nansen Laotse Ipsen Liebknecht
Marx Lassalle Gorki Klett Ringelnatz
von Ossietzky May Leibniz
vom Stein Lawrence Irving
Petalozzi Platon Knigge
Sachs Pückler Michelangelo Kock Kafka
Poe Liebermann Korolenko
de Sade Praetorius Mistral Zetkin

Der Verlag tredition aus Hamburg veröffentlicht in der Reihe **TREDITION CLASSICS** Werke aus mehr als zwei Jahrtausenden. Diese waren zu einem Großteil vergriffen oder nur noch antiquarisch erhältlich.

Symbolfigur für **TREDITION CLASSICS** ist Johannes Gutenberg (1400 — 1468), der Erfinder des Buchdrucks mit Metalllettern und der Druckerpresse.

Mit der Buchreihe **TREDITION CLASSICS** verfolgt tredition das Ziel, tausende Klassiker der Weltliteratur verschiedener Sprachen wieder als gedruckte Bücher aufzulegen – und das weltweit!

Die Buchreihe dient zur Bewahrung der Literatur und Förderung der Kultur. Sie trägt so dazu bei, dass viele tausend Werke nicht in Vergessenheit geraten.

Der Rabbi von Bacherach

Heinrich Heine

Impressum

Autor: Heinrich Heine
Umschlagkonzept: toepferschumann, Berlin

Verlag: tradition GmbH, Hamburg
ISBN: 978-3-8424-0577-6
Printed in Germany

Text der Originalausgabe

Heinrich Heine

Der Rabbi von Bacherach

(1840)

Erstes Kapitel

Unterhalb des Rheingaus, wo die Ufer des Stromes ihre lachende Miene verlieren, Berg und Felsen, mit ihren abenteuerlichen Burgruinen, sich trotziger gebärden, und eine wildere, ernstere Herrlichkeit emporsteigt, dort liegt, wie eine schaurige Sage der Vorzeit, die finstre, uralte Stadt Bacherach. Nicht immer waren so morsch und verfallen diese Mauern mit ihren zahnlosen Zinnen und blinden Warttürmchen, in deren Luken der Wind pfeift und die Spatzen nisten; in diesen armselig häßlichen Lehmgassen, die man durch das zerrissene Tor erblickt, herrschte nicht immer jene öde Stille, die nur dann und wann unterbrochen wird von schreienden Kindern, keifenden Weibern und brüllenden Kühen. Diese Mauern waren einst stolz und stark, und in diesen Gassen bewegte sich frisches, freies Leben, Macht und Pracht, Lust und Leid, viel Liebe und viel Haß. Bacherach gehörte einst zu jenen Munizipien, welche von den Römern während ihrer Herrschaft am Rhein gegründet worden, und die Einwohner, obgleich die folgenden Zeiten sehr stürmisch und obgleich sie späterhin unter Hohenstaufischer, und zuletzt unter Wittelsbacher Oberherrschaft gerieten, wußten dennoch, nach dem Beispiel andrer rheinischen Städte, ein ziemlich freies Gemeinwesen zu erhalten. Dieses bestand aus einer Verbindung einzelner Körperschaften, wovon die der patrizischen Altbürger und die der Zünfte, welche sich wieder nach ihren verschiedenen Gewerken unterabteilten, beiderseitig nach der Alleinmacht rangen: so daß sie sämtlich nach außen, zu Schutz und Trutz gegen den nachbarlichen Raubadel, fest verbunden standen, nach innen aber, wegen streitender Interessen, in beständiger Spaltung verharrten; und daher unter ihnen wenig Zusammenleben, viel Mißtrauen, oft sogar tätliche Ausbrüche der Leidenschaft. Der herrschaftliche Vogt saß auf der hohen Burg Sareck, und wie sein Falke schoß er herab wenn man ihn rief und auch manchmal ungerufen. Die Geistlichkeit herrschte im Dunkeln durch die Verdunkelung des Geistes. Eine am meisten vereinzelte, ohnmächtige und vom Bürgerrechte allmählig verdrängte Körperschaft war die kleine Judengemeinde, die schon zur Römerzeit in Bacherach sich niedergelassen und späterhin, während der großen Judenverfolgung, ganze Scharen flüchtiger Glaubensbrüder in sich aufgenommen hatte.

Die große Judenverfolgung begann mit den Kreuzzügen und wütete am grimmigsten um die Mitte des vierzehnten Jahrhunderts, am Ende der großen Pest, die, wie jedes andre öffentliche Unglück, durch die Juden entstanden sein sollte, indem man behauptete, sie hätten den Zorn Gottes herabgeflucht und mit Hülfe der Aussätzigen die Brunnen vergiftet. Der gereizte Pöbel, besonders die Horden der Flagellanten, halbnackte Männer und Weiber, die zur Buße sich selbst geißelnd und ein tolles Marienlied singend, die Rheingegend und das übrige Süddeutschland durchzogen, ermordeten damals viele tausend Juden, oder marterten sie, oder tauften sie gewaltsam. Eine andre Beschuldigung, die ihnen schon in früherer Zeit, das ganze Mittelalter hindurch bis Anfang des vorigen Jahrhunderts, viel Blut und Angst kostete, das war das läppische, in Chroniken und Legenden bis zum Ekel oft wiederholte Märchen: daß die Juden geweihte Hostien stählen, die sie mit Messern durchstächen bis das Blut herausfließe, und daß sie an ihrem Paschafeste Christenkinder schlachteten, um das Blut derselben bei ihrem nächtlichen Gottesdienste zu gebrauchen. Die Juden, hinlänglich verhaßt wegen ihres Glaubens, ihres Reichtums, und ihrer Schuldbücher, waren an jenem Festtage ganz in den Händen ihrer Feinde, die ihr Verderben nur gar zu leicht bewirken konnten, wenn sie das Gerücht eines solchen Kindermords verbreiteten, vielleicht gar einen blutigen Kinderleichnam in das verfemte Haus eines Juden heimlich hineinschwärzten, und dort nächtlich die betende Judenfamilie überfielen; wo alsdann gemordet, geplündert und getauft wurde, und große Wunder geschahen durch das vorgefundne tote Kind, welches die Kirche am Ende gar kanonisierte. Sankt Werner ist ein solcher Heiliger, und ihm zu Ehren ward zu Oberwesel jene prächtige Abtei gestiftet, die jetzt am Rhein eine der schönsten Ruinen bildet, und mit der gotischen Herrlichkeit ihrer langen spitzbögigen Fenster, stolz emporschießender Pfeiler und Steinschnitzeleien uns so sehr entzückt, wenn wir an einem heitergrünen Sommertage vorbeifahren und ihren Ursprung nicht kennen. Zu Ehren dieses Heiligen wurden am Rhein noch drei andre große Kirchen errichtet, und unzählige Juden getötet oder mißhandelt. Dies geschah im Jahr 1287, und auch zu Bacherach, wo eine von diesen Sankt-Wernerskirchen gebaut wurde, erging damals über die Juden viel Drangsal und Elend. Doch zwei Jahrhunderte seitdem blieben sie verschont von solchen Anfällen der Volkswut, obgleich sie noch immer hinlänglich angefeindet und bedroht wurden.

Je mehr aber der Haß sie von außen bedrängte, desto inniger und traulicher wurde das häusliche Zusammenleben, desto tiefer wurzelte die Frömmigkeit und Gottesfurcht der Juden von Bacherach. Ein Muster gottgefälligen Wandels war der dortige Rabbiner, genannt Rabbi Abraham, ein noch jugendlicher Mann, der aber weit und breit wegen seiner Gelahrtheit berühmt war. Er war geboren in dieser Stadt, und sein Vater, der dort ebenfalls Rabbiner gewesen, hatte ihm in seinem letzten Willen befohlen, sich demselben Amt zu widmen und Bacherach nie zu verlassen, es seie denn wegen Lebensgefahr. Dieser Befehl und ein Schrank mit seltenen Büchern war alles was sein Vater, der bloß in Armut und Schriftgelahrtheit lebte, ihm hinterließ. Dennoch war Rabbi Abraham ein sehr reicher Mann; verheuratet mit der einzigen Tochter seines verstorbenen Vaterbruders, welcher den Juwelenhandel getrieben, erbte er dessen große Reichtümer. Einige Fuchsbärte in der Gemeinde deuteten darauf hin, als wenn der Rabbi eben des Geldes wegen seine Frau geheuratet habe. Aber sämtliche Weiber widersprachen und wußten alte Geschichten zu erzählen: wie der Rabbi, schon vor seiner Reise nach Spanien, verliebt gewesen in Sara – man hieß sie eigentlich die schöne Sara – und wie Sara sieben Jahre warten mußte, bis der Rabbi aus Spanien zurückkehrte, indem er sie gegen den Willen ihres Vaters und selbst gegen ihre eigne Zustimmung durch den Trauring geheuratet hatte. Jedweder Jude nämlich kann ein jüdisches Mädchen zu seinem rechtmäßigen Eheweibe machen, wenn es ihm gelang ihr einen Ring an den Finger zu stecken und dabei die Worte zu sprechen: »Ich nehme dich zu meinem Weibe nach den Sitten von Moses und Israel!« Bei der Erwähnung Spaniens pflegten die Fuchsbärte auf eine ganz eigne Weise zu lächeln; und das geschah wohl wegen eines dunkeln Gerüchts, daß Rabbi Abraham auf der hohen Schule zu Toledo zwar emsig genug das Studium des göttlichen Gesetzes getrieben, aber auch christliche Gebräuche nachgeahmt und freigeistige Denkungsart eingesogen habe, gleich jenen spanischen Juden, die damals auf einer außerordentlichen Höhe der Bildung standen. Im Innern ihrer Seele aber glaubten jene Fuchsbärte sehr wenig an der Wahrheit des angedeuteten Gerüchts. Denn überaus rein, fromm und ernst war seit seiner Rückkehr aus

Spanien die Lebensweise des Rabbi, die kleinlichsten Glaubensge-
bräuche übte er mit ängstlicher Gewissenhaftigkeit, alle Montag
und Donnerstag pflegte er zu fasten, nur am Sabbat oder anderen
Feiertagen genoß er Fleisch und Wein, sein Tag verfloß in Gebet
und Studium, des Tages erklärte er das göttliche Gesetz im Kreise
der Schüler, die der Ruhm seines Namens nach Bacherach gezogen,
und des Nachts betrachtete er die Sterne des Himmels oder die
Augen der schönen Sara. Kinderlos war die Ehe des Rabbi; dennoch
fehlte es nicht um ihn her an Leben und Bewegung. Der große Saal
seines Hauses, welches neben der Synagoge lag, stand offen zum
Gebrauche der ganzen Gemeinde: hier ging man aus und ein ohne
Umstände, verrichtete schleunige Gebete, oder holte Neuigkeiten,
oder hielt Beratung in allgemeiner Not; hier spielten die Kinder am
Sabbatmorgen während in der Synagoge der wöchentliche Abschnitt verlesen wurde; hier versammelte man sich bei Hochzeit-
und Leichenzügen, und zankte sich und versöhnte sich; hier fand
der Frierende einen warmen Ofen und der Hungrige einen gedeck-
ten Tisch. Außerdem bewegten sich um den Rabbi noch eine Menge
Verwandte, Brüder und Schwestern, mit ihren Weibern und Kindern, so wie auch seine und seiner Frau gemeinschaftliche Öhme
und Muhmen, eine weitläufige Sippschaft, die alle den Rabbi als
Familienhaupt betrachteten, im Hause desselben früh und spät
verkehrten, und an hohen Festtagen sämtlich dort zu speisen pflegten. Solche gemeinschaftliche Familienmahle im Rabbinerhause
fanden ganz besonders statt bei der jährlichen Feier des Pascha,
eines uralten, wunderbaren Festes, das noch jetzt die Juden in der
ganzen Welt, am Vorabend des vierzehnten Tages im Monat Nis-
sen, zum ewigen Gedächtnisse ihrer Befreiung aus ägyptischer
Knechtschaft, folgendermaßen begehen:

Sobald es Nacht ist, zündet die Hausfrau die Lichter an, spreitet
das Tafeltuch über den Tisch, legt in der Mitte desselben drei von
den platten ungesäuerten Bröten, verdeckt sie mit einer Serviette
und stellt auf diesen erhöhten Platz sechs kleine Schüsseln, worin
symbolische Speisen enthalten, nämlich ein Ei, Lattig, Mairet-
tigwurzel, ein Lammknochen, und eine braune Mischung von Rosinen, Zimmet und Nüssen. An diesen Tisch setzt sich der Hausvater
mit allen Verwandten und Genossen und liest ihnen vor aus einem
abenteuerlichen Buche, das die Agade heißt, und dessen Inhalt eine

seltsame Mischung ist von Sagen der Vorfahren, Wundergeschichten aus Ägypten, kuriosen Erzählungen, Streitfragen, Gebeten und Festliedern. Eine große Abendmahlzeit wird in die Mitte dieser Feier eingeschoben, und sogar während des Vorlesens wird zu bestimmten Zeiten etwas von den symbolischen Gerichten gekostet, so wie alsdann auch Stückchen von dem ungesäuerten Brote gegessen und vier Becher roten Weines getrunken werden. Wehmütig heiter, ernsthaft spielend und märchenhaft geheimnisvoll ist der Charakter dieser Abendfeier, und der herkömmlich singende Ton, womit die Agade von dem Hausvater vorgelesen und zuweilen chorartig von den Zuhörern nachgesprochen wird, klingt so schauervoll innig, so mütterlich einlullend, und zugleich so hastig aufweckend, daß selbst diejenigen Juden, die längst von dem Glauben ihrer Väter abgefallen und fremden Freuden und Ehren nachgesagt sind, im tiefsten Herzen erschüttert werden, wenn ihnen die alten, wohlbekannten Paschaklänge zufällig ins Ohr dringen.

Im großen Saale seines Hauses saß einst Rabbi Abraham, und mit seinen Anverwandten, Schülern und übrigen Gästen beging er die Abendfeier des Paschafestes. Im Saale war alles mehr als gewöhnlich blank; über den Tisch zog sich die buntgestickte Seidendecke, deren Goldfranzen bis auf die Erde hingen; traulich schimmerten die Tellerchen mit den symbolischen Speisen, so wie auch die hohen weingefüllten Becher, woran als Zierat lauter heilige Geschichten von getriebner Arbeit; die Männer saßen in ihren Schwarzmänteln und schwarzen Platthüten und weißen Halsbergen; die Frauen, in ihren wunderlich glitzernden Kleidern von lombardischen Stoffen, trugen um Haupt und Hals ihr Gold- und Perlengeschmeide; und die silberne Sabbatlampe goß ihr festlichstes Licht über die andächtig vergnügten Gesichter der Alten und Jungen. Auf den purpurnen Sammetkissen eines mehr als die übrigen erhabenen Sessels und angelehnt, wie es der Gebrauch heischt, saß Rabbi Abraham und las und sang die Agade, und der bunte Chor stimmte ein oder antwortete bei den vorgeschriebenen Stellen. Der Rabbi trug ebenfalls sein schwarzes Festkleid, seine edelgeformten, etwas strengen Züge waren milder denn gewöhnlich, die Lippen lächelten hervor aus dem braunen Barte, als wenn sie viel Holdes erzählen wollten, und in seinen Augen schwamm es wie selige Erinnerung und Ahnung. Die schöne Sara, die auf einem ebenfalls erhabenen Sammetsessel an seiner Seite saß, trug als Wirtin nichts von ihrem Geschmeide, nur weißes Linnen umschloß ihren schlanken Leib und ihr frommes Antlitz. Dieses Antlitz war rührend schön, wie denn überhaupt die Schönheit der Jüdinnen von eigentümlich rührender Art ist; das Bewußtsein des tiefen Elends, der bittern Schmach und der schlimmen Fahrnisse, worinnen ihre Verwandten und Freunde leben, verbreitet über ihre holden Gesichtszüge eine gewisse leidende Innigkeit und beobachtende Liebesangst, die unsere Herzen sonderbar bezaubern. So saß heute die schöne Sara und sah beständig nach den Augen ihres Mannes; dann und wann schaute sie auch nach der vor ihr liegenden Agade, dem hübschen, in Gold und Samt gebundenen Pergamentbuche, einem alten Erbstück mit verjährten Weinflecken aus den Zeiten ihres Großvaters, und worin so viele keck und bunt gemalten Bilder, die sie schon als kleines Mädchen, am Pascha-Abend, so gerne betrachtete, und die allerlei biblische Geschichten darstellten, als da sind: wie Abraham die steinernen Götzen seines Vaters mit dem Hammer entzweiklopft, wie die Engel zu ihm kommen, wie Moses den Mizri totschlägt, wie Pharao prächtig auf dem Throne sitzt, wie ihm die Frösche sogar bei Tisch keine Ruhe lassen, wie er Gott sei Dank versäuft, wie die Kinder Israel vorsichtig durch das Rote Meer gehen, wie sie offnen Maules, mit ihren Schafen, Kühen und Ochsen vor dem Berge Sinai stehen, dann auch wie der fromme König David die Harfe spielt, und endlich wie Jerusalem mit den Türmen und Zinnen seines Tempels bestrahlt wird vom Glanze der Sonne!

Der zweite Becher war schon eingeschenkt, die Gesichter und Stimmen wurden immer heller, und der Rabbi, indem er eins der ungesäuerten Osterbröte ergriff und heiter grüßend emporhielt, las er folgende Worte aus der Agade: »Siehe! das ist die Kost, die unsere Väter in Ägypten genossen! Jeglicher, den es hungert, er komme und genieße! Jeglicher, der da traurig, er komme und teile unsre Paschafreude! Gegenwärtigen Jahres feiern wir hier das Fest, aber zum kommenden Jahre im Lande Israels! Gegenwärtigen Jahres feiern wir es noch als Knechte, aber zum kommenden Jahre als Söhne der Freiheit!«

Da öffnete sich die Saaltüre, und hereintraten zwei große blasse Männer, in sehr weiten Mänteln gehüllt, und der eine sprach:»Friede sei mit Euch, wir sind reisende Glaubensgenossen und wünschen das Paschafest mit Euch zu feiern.« Und der Rabbi antwortete rasch und freundlich: »Mit Euch sei Frieden, setzt Euch nieder in meiner Nähe.« Die beiden Fremdlinge setzten sich alsbald zu Tische, und der Rabbi fuhr fort im Vorlesen. Manchmal, während die übrigen noch im Zuge des Nachsprechens waren, warf er kosende Worte nach seinem Weibe, und anspielend auf den alten Scherz, daß ein jüdischer Hausvater sich an diesem Abend für einen König hält, sagte er zu ihr: »Freue dich, meine Königin!« Sie aber antwortete, wehmütig lächelnd »es fehlt uns ja der Prinz!« und damit meinte sie den Sohn des Hauses, der, wie eine Stelle in der Agade es verlangt, mit vorgeschriebenen Worten seinen Vater um die Bedeutung des Festes befragen soll. Der Rabbi erwiderte nichts und zeigte bloß mit dem Finger nach einem eben aufgeschlagenen Bilde in der Agade, wo überaus anmutig zu schauen war: wie die drei Engel zu Abraham kommen, um zu verkünden, daß ihm ein Sohn geboren werde von seiner Gattin Sara, welche unterdessen weiblich pfiffig hinter der Zelttüre steht um die Unterredung zu belauschen. Dieser leise Wink goß dreifaches Rot über die Wangen der schönen Frau, sie schlug die Augen nieder, und sah dann wieder freundlich empor nach ihrem Manne, der singend fortfuhr im Vorlesen der wunderbaren Geschichte: wie Rabbi Jesua, Rabbi Elieser, Rabbi Asaria, Rabbi Akiba und Rabbi Tarphen in Bona-Brak angelehnt saßen und sich die ganze Nacht vom Auszuge der Kinder Israel aus Ägypten unterhielten, bis ihre Schüler kamen und ihnen zuriefen, es sei Tag und in der Synagoge verlese man schon das große Morgengebet.

Derweilen nun die schöne Sara andächtig zuhörte, und ihren Mann beständig ansah, bemerkte sie wie plötzlich sein Antlitz in grausiger Verzerrung erstarrte, das Blut aus seinen Wangen und Lippen verschwand, und seine Augen wie Eiszapfen hervorglotzten; – aber fast im selben Augenblicke sah sie, wie seine Züge wieder die vorige Ruhe und Heiterkeit annahmen, wie seine Lippen und Wangen sich wieder röteten, seine Augen munter umherkreisten, ja, wie sogar eine ihm sonst ganz fremde tolle Laune sein ganzes Wesen ergriff. Die schöne Sara erschrak wie sie noch nie in ihrem Leben erschrocken war, und ein inneres Grauen stieg kältend in ihr auf, weniger wegen der Zeichen von starrem Entsetzen, die sie einen Moment lang im Gesichte ihres Mannes erblickt hatte, als wegen seiner jetzigen Fröhlichkeit, die allmählig in jauchzende

Ausgelassenheit überging. Der Rabbi schob sein Barett spielend von einem Ohre nach dem andern, zupfte und kräuselte possierlich seine Bartlocken, sang den Agadetext nach der Weise eines Gassenhauers, und bei der Aufzählung der ägyptischen Plagen, wo man mehrmals den Zeigefinger in den vollen Becher eintunkt und den anhängenden Weintropfen zur Erde wirft, bespritzte der Rabbi die jüngern Mädchen mit Rotwein, und es gab großes Klagen über verdorbene Halskrausen, und schallendes Gelächter. Immer unheimlicher ward es der schönen Sara bei dieser krampfhaft sprudelnden Lustigkeit ihres Mannes, und beklommen von namenloser Bangigkeit, schaute sie in das summende Gewimmel der buntbeleuchteten Menschen, die sich behaglich breit hin und her schaukelten, an den dünnen Paschabröten knoperten, oder Wein schlurften, oder mit einander schwatzten, oder laut sangen, überaus vergnügt.

Da kam die Zeit wo die Abendmahlzeit gehalten wird, alle standen auf um sich zu waschen, und die schöne Sara holte das große, silberne, mit getriebenen Goldfiguren reichverzierte Waschbecken, das sie jedem der Gäste vorhielt, während ihm Wasser über die Hände gegossen wurde. Als sie auch dem Rabbi diesen Dienst erwies, blinzelte ihr dieser bedeutsam mit den Augen, und schlich zur Türe hinaus. Die schöne Sara folgte ihm auf dem Fuße; hastig ergriff der Rabbi die Hand seines Weibes, eilig zog er sie fort, durch die dunkelen Gassen Bacherachs, eilig zum Tor hinaus, auf die Landstraße, die den Rhein entlang, nach Bingen führt.

Es war eine jener Frühlingsnächte, die zwar lau genug und hellgestirnt sind, aber doch die Seele mit seltsamen Schauern erfüllen. Leichenhaft dufteten die Blumen; schadenfroh und zugleich selbstbeängstigt zwitscherten die Vögel; der Mond warf heimtückisch gelbe Streiflichter über den dunkel hinmurmelnden Strom; die hohen Felsenmassen des Ufers schienen bedrohlich wackelnde Riesenhäupter; der Turmwächter auf Burg Strahleck blies eine melancholische Weise; und dazwischen läutete, eifrig gellend, das Sterbeglöckchen der Sankt-Wernerskirche. Die schöne Sara trug in der rechten Hand das silberne Waschbecken, ihre linke hielt der Rabbi noch immer gefaßt, und sie fühlte wie seine Finger eiskalt waren und wie sein Arm zitterte; aber sie folgte schweigend, vielleicht weil sie von jeher gewohnt, ihrem Manne blindlings und fragenlos zu gehorchen, vielleicht auch weil ihre Lippen vor innerer Angst verschlossen waren.

Unterhalb der Burg Sonneck, Lorch gegenüber, ungefähr wo jetzt das Dörfchen Niederrheinbach liegt, erhebt sich eine Felsenplatte, die bogenartig aber das Rheinufer hinaushängt. Diese erstieg Rabbi Abraham mit seinem Weibe, schaute sich um nach allen Seiten, und starrte hinauf nach den Sternen. Zitternd und von Todesängsten durchfröstelt stand neben ihm die schöne Sara, und betrachtete sein blasses Gesicht, das der Mond gespenstisch beleuchtete, und worauf es hin und her zuckte, wie Schmerz, Furcht, Andacht und Wut. Als aber der Rabbi plötzlich das silberne Waschbecken ihr aus der Hand riß und es schollernd hinabwarf in den Rhein: da konnte sie das grausenhafte Angstgefühl nicht länger ertragen, und mit dem Ausrufe: »Schaddai voller Genade!« stürzte sie zu den Füßen des Mannes und beschwor ihn das dunkle Rätsel endlich zu enthüllen.

Der Rabbi, des Sprechens ohnmächtig, bewegte mehrmals lautlos die Lippen, und endlich rief er: »Siehst du den Engel des Todes? Dort unten schwebt er über Bacherach! Wir aber sind seinem Schwerte entronnen. Gelobt sei der Herr!« Und mit einer Stimme, die noch vor innerem Entsetzen bebte, erzählte er: wie er wohlgemut die Agade hinsingend und angelehnt saß, und zufällig unter den Tisch schaute, habe er dort, zu seinen Füßen, den blutigen Leichnam eines Kindes erblickt. »Da merkte ich« – setzte der Rabbi hinzu – »daß unsre zwei späte Gäste nicht von der Gemeinde Israels waren, sondern von der Versammlung der Gottlosen, die sich beraten hatten jenen Leichnam heimlich in unser Haus zu schaffen, um uns des Kindermordes zu beschuldigen und das Volk aufzureizen uns zu plündern und zu ermorden. Ich durfte nicht merken lassen, daß ich das Werk der Finsternis durchschaut; ich hätte dadurch nur mein Verderben beschleunigt, und nur die List hat uns beide gerettet. Gelobt sei der Herr! Ängstige dich nicht, schöne Sara; auch unsre Freunde und Verwandte werden gerettet sein. Nur nach meinem Blute lechzten die Ruchlosen; ich bin ihnen entronnen und sie begnügen sich mit meinem Silber und Golde. Komm mit mir, schöne Sara, nach einem anderen Lande, wir wollen das Unglück hinter uns lassen, und damit uns das Unglück nicht verfolge, habe ich ihm das Letzte meiner Habe, das silberne Becken, zur Versöhnung hingeworfen. Der Gott unserer Väter wird uns nicht verlassen. – Komm herab, du bist müde; dort unten steht bei seinem Kahne der stille Wilhelm; er fährt uns den Rhein hinauf.«

Lautlos und wie mit gebrochenen Gliedern war die schöne Sara in die Arme des Rabbi hingesunken, und langsam trug er sie hinab nach dem Ufer. Hier stand der stille Wilhelm, ein taubstummer aber bildschöner Knabe, der zum Unterhalt seiner alten Pflegemutter, einer Nachbarin des Rabbi, den Fischfang trieb und hier seinen Kahn angelegt hatte. Es war aber als erriete er schon gleich die Absicht des Rabbi, ja es schien als habe er eben auf ihn gewartet, um seine geschlossenen Lippen zog sich das lieblichste Mitleid, bedeutungstief ruhten seine großen blauen Augen auf der schöne Sara, und sorgsam trug er sie in den Kahn.

Der Blick des stummen Knaben weckte die schöne Sara aus ihrer Betäubung, sie fühlte auf einmal, daß alles was ihr Mann ihr erzählt, kein bloßer Traum sei, und Ströme bitterer Tränen ergossen sich über ihre Wangen, die jetzt so weiß wie ihr Gewand. Da saß sie nun in der Mitte des Kahns, ein weinendes Marmorbild; neben ihr saßen ihr Mann und der stille Wilhelm, welche emsig ruderten.

Sei es nun durch den einförmigen Ruderschlag, oder durch das Schaukeln des Fahrzeugs, oder durch den Duft jener Bergesufer, worauf die Freude wächst, immer geschieht es, daß auch der Betrübteste seltsam beruhigt wird, wenn er in der Frühlingsnacht, in einem leichten Kahne, leicht dahin fährt auf dem lieben, klaren Rheinstrom. Wahrlich, der alte, gutherzige Vater Rhein kann's nicht leiden, wenn seine Kinder weinen; tränenstillend wiegt er sie auf seinen treuen Armen, und erzählt ihnen seine schönsten Märchen und verspricht ihnen seine goldigsten Schätze, vielleicht gar den uralt versunkenen Niblungshort. Auch die Tränen der schönen Sara flossen immer milder und milder, ihre gewaltigsten Schmerzen wurden fortgespielt von den flüsternden Wellen, die Nacht verlor ihr finstres Grauen, und die heimatlichen Berge grüßten wie zum zärtlichsten Lebewohl. Vor allen aber grüßte traulich ihr Lieblingsberg, der Kedrich, und in seiner seltsamen Mondbeleuchtung schien es, als stände wieder oben ein Fräulein mit ängstlich ausgestreckten Armen, als kröchen die flinken Zwerglein wimmelnd aus ihren Felsenspalten, und als käme ein Reuter den Berg hinaufgesprengt in vollem Galopp; und der schönen Sara war zu Mute, als sei sie wieder ein kleines Mädchen und säße wieder auf dem Schoße ihrer Muhme aus Lorch, und diese erzähle ihr die hübsche Geschichte von dem kecken Reuter, der das arme, von den Zwergen geraubte Fräulein befreite, und noch andre wahre Geschichten, vom wunderlichen Wispertale drüben, wo die Vögel ganz vernünftig sprechen, und vom Pfefferkuchenland, wohin die folgsamen Kinder kommen, und von verwünschten Prinzessinnen, singenden Bäumen, gläsernen Schlössern, goldenen Brücken, lachenden Nixen... Aber zwischen all diesen hübschen Märchen, die klingend und leuchtend zu leben begannen, hörte die schöne Sara die Stimme ihres Vaters, der ärgerlich die arme Muhme ausschalt, daß sie dem Kinde so viel Torheiten in den Kopf schwatze! Alsbald kam's ihr vor, als setzte man sie auf das kleine Bänkchen, vor dem Sammetsessel ihres Vaters, der mit weicher Hand ihr langes Haar streichelte, gar vergnügt mit den Augen lachte, und sich behaglich hin- und herwiegte in seinem weiten, blauseidenen Sabbatschlafrock... Es mußte wohl Sabbat sein, denn die geblümte Decke war über den Tisch gespreitet, alle Geräte im Zimmer leuchteten spiegelblank gescheuert, der weißbärtige Gemeindediener saß an der Seite des Vaters und kaute Rosinen und sprach Hebräisch, auch der kleine Abraham kam herein mit einem allmächtig großen Buche, und bat bescheidentlich seinen Oheim um die Erlaubnis einen Abschnitt der Heiligen Schrift erklären zu dürfen, damit der Oheim sich selber überzeuge, daß er in der verflossenen Woche viel gelernt habe und viel Lob und Kuchen verdiene... Nun legte der kleine Bursche das Buch auf die breite Armlehne des Sessels, und erklärte die Geschichte von Jakob und Rahel, wie Jakob seine Stimme erhoben und laut geweint, als er sein Mühmchen Rahel zuerst erblickte, wie er so traulich am Brunnen mit ihr gesprochen, wie er sieben Jahr um Rahel dienen mußte, und wie sie ihm so schnell verflossen, und wie er die Rahel geheuratet und immer und immer geliebt hat... Auf einmal erinnerte sich auch die schöne Sara, daß ihr Vater damals mit lustigem Tone ausrief: »willst du nicht eben so dein Mühmchen Sara heuraten?« worauf der kleine Abraham ernsthaft antwortete: »das will ich, und sie soll sieben Jahr warten.« Dämmernd zogen diese Bilder durch die Seele der schönen Frau, sie sah, wie sie und ihr kleiner Vetter, der jetzt so groß und ihr Mann geworden, kindisch mit einander in der Lauberhütte spielten, wie sie sich dort ergötzten an den bunten Tapeten, Blumen, Spiegeln und vergoldeten Äpfeln, wie der kleine Abraham immer zärtlich mit ihr koste, bis er allmählig größer und mürrisch wurde, und endlich ganz groß und ganz mürrisch... Und endlich sitzt sie zu Hause allein in ihrer Kammer eines Samstags Abend, der Mond scheint hell durchs Fenster, und die Tür fliegt auf, und hastig stürmt herein ihr Vetter Abraham, in Reisekleidern und blaß wie der Tod, und er greift ihre Hand, steckt einen goldnen Ring an ihren Finger und spricht feierlich: »ich nehme dich hiermit zu meinem Weibe, nach den Gesetzen von Moses und Israel!« »Jetzt aber« – setzt er bebend hinzu – »jetzt muß ich fort nach Spanien. Lebewohl, sieben Jahr sollst du auf mich warten!« Und er stürzt fort, und weinend erzählt die schöne Sara das alles ihrem Vater... Der tobt und wütet »schneid ab dein Haar, denn du bist ein verheuratetes Weib!« – und er will dem Abraham nachreuten um einen Scheidebrief von ihm zu erzwingen; – aber der ist schon über alle Berge, der Vater kehrt schweigend nach Haus zurück, und wie die schöne Sara ihm die Reitstiefel ausziehen hilft und besänftigend äußert, daß der Abraham nach sieben Jahr zurückkehre, da flucht der Vater: »Sieben Jahr sollt ihr betteln gehn!« und bald stirbt er.

So zogen der schönen Sara die alten Geschichten durch den Sinn, wie ein hastiges Schattenspiel; die Bilder vermischten sich auch wunderlich, und zwischendurch schauten halb bekannte, halb fremde bärtige Gesichter und große Blumen mit fabelhaft breitem Blattwerk. Es war auch als murmelte der Rhein die Melodien der Agade, und die Bilder derselben stiegen daraus hervor, lebensgroß und verzerrt, tolle Bilder: der Erzvater Abraham zerschlägt ängstlich die Götzengestalten, die sich immer hastig wieder von selbst zusammensetzen; der Mizri wehrt sich furchtbar gegen den ergrimmten Moses; der Berg Sinai blitzt und flammt; der König Pharao schwimmt im Roten Meere, mit den Zähnen im Maule die zackige Goldkrone festhaltend; Frösche mit Menschenantlitz schwimmen hintendrein, und die Wellen schäumen und brausen, und eine dunkle Riesenhand taucht drohend daraus hervor.

Das war Hattos Mäuseturm und der Kahn schoß eben durch den Binger Strudel. Die schöne Sara ward dadurch etwas aus ihren Träumereien gerüttelt, und schaute nach den Bergen des Ufers, auf deren Spitzen die Schloßlichter flimmerten, und an deren Fuß die mondbeleuchteten Nachtnebel sich hinzogen. Plötzlich aber glaubte sie dort ihre Freunde und Verwandte zu sehen, wie sie mit Leichengesichtern und in weißwallenden Totenhemden schreckenhastig vorüberliefen, den Rhein entlang... es ward ihr schwarz vor den Augen, ein Eisstrom ergoß sich in ihre Seele, und wie im Schlafe hörte sie nur noch, daß ihr der Rabbi das Nachtgebet vorbetete, langsam ängstlich, wie es bei todkranken Leuten geschieht, und träumerisch stammelte sie noch die Worte: »Zehntausend zur Rechten, zehntausend zur Linken; den König zu schützen vor nächtlichem Grauen...«

Da verzog sich plötzlich all das eindringende Dunkel und Grausen, der düstre Vorhang ward vom Himmel fortgerissen, es zeigte sich oben die heilige Stadt Jerusalem, mit ihren Türmen und Toren; in goldner Pracht leuchtete der Tempel; auf dem Vorhofe desselben erblickte die schöne Sara ihren Vater, in seinem gelben Sabbatschlafrock und vergnügt mit den Augen lachend; aus den runden Tempelfenstern grüßten fröhlich alle ihre Freunde und Verwandte; im Allerheiligsten kniete der fromme König David, mit Purpurmantel und funkelnder Krone, und lieblich ertönte sein Gesang und Saitenspiel, – und selig lächelnd entschlief die schöne Sara.

Zweites Kapitel

Als die schöne Sara die Augen aufschlug, ward sie fast geblendet von den Strahlen der Sonne. Die hohen Türme einer großen Stadt erhoben sich, und der stumme Wilhelm stand mit der Hakenstange aufrecht im Kahne und leitete denselben durch das lustige Gewühl vieler buntbewimpelten Schiffe, deren Mannschaft entweder müßig hinabschaute auf die Vorbeifahrenden, oder vielhändig beschäftigt war mit dem Ausladen von Kisten, Ballen und Fässern, die auf kleineren Fahrzeugen ans Land gebracht wurden; wobei ein betäubender Lärm, das beständige Hallorufen der Barkenführer, das Geschrei der Kaufleute vom Ufer her, und das Keifen der Zöllner, die, in ihren roten Röcken mit weißen Stäbchen und weißen Gesichtern, von Schiff zu Schiff hüpften.

»Ja, schöne Sara« – sagte der Rabbi zu seiner Frau, heiter lächelnd – »das ist hier die weltberühmte freie Reichs- und Handelsstadt Frankfurt am Main, und das ist eben der Mainfluß worauf wir jetzt fahren. Da drüben die lachenden Häuser, umgeben von grünen Hügeln, das ist das Sachsenhausen, woher uns der lahme Gumpertz, zur Zeit des Lauberhüttenfestes, die schönen Myrrhen holt. Hier siehst du auch die starke Mainbrücke mit ihren dreizehn Bögen, und gar viel Volk, Wagen und Pferde, geht sicher darüberhin, und in der Mitte steht das Häuschen, wovon die Mühmele Täubchen erzählt hat, daß ein getaufter Jude darin wohnt, der jedem, der ihm eine tote Ratte bringt, sechs Heller auszahlt für Rechnung der jüdischen Gemeinde, die dem Stadtrate jährlich fünftausend Rattenschwänze abliefern soll!«

Über diesen Krieg, den die Frankfurter Juden mit den Ratten zu führen haben, mußte die schöne Sara laut lachen; das klare Sonnenlicht und die neue bunte Welt, die vor ihr auftauchte, hatte alles Grauen und Entsetzen der vorigen Nacht aus ihrer Seele verscheucht, und als sie, aus dem landenden Kahne, von ihrem Manne und dem stummen Wilhelm aufs Ufer gehoben worden, fühlte sie sich wie durchdrungen von freudiger Sicherheit. Der stumme Wilhelm aber, mit seinen schönen, tiefblauen Augen, sah ihr lange ins Gesicht, halb schmerzlich, halb heiter, dann warf er noch einen bedeutenden Blick nach dem Rabbi, sprang zurück in seinen Kahn, und bald war er damit verschwunden.

»Der stumme Wilhelm hat doch viele Ähnlichkeit mit meinem verstorbenen Bruder« – bemerkte die schöne Sara. »Die Engel sehen sich alle ähnlich« – erwiderte leichthin der Rabbi, und sein Weib bei der Hand ergreifend, führte er sie durch das Menschengewimmel des Ufers, wo jetzt, weil es die Zeit der Ostermesse, eine Menge hölzerner Krambuden aufgebaut standen. Als sie, durch das dunkle Maintor, in die Stadt gelangten, fanden sie nicht minder lärmigen Verkehr. Hier, in einer engen Straße, erhob sich ein Kaufmannsladen neben dem andern, und die Häuser, wie überall in Frankfurt, waren ganz besonders zum Handel eingerichtet: im Erdgeschosse keine Fenster, sondern lauter offne Bogentüren, so daß man tief hineinschauen und jeder Vorübergehende die ausgestellten Waren deutlich betrachten konnte. Wie staunte die schöne Sara ob der Masse kostbarer Sachen und ihrer niegesehenen Pracht! Da standen Venezianer, die allen Luxus des Morgenlands und Italiens feil boten, und die schöne Sara war wie festgebannt beim Anblick der aufgeschichteten Putzsachen und Kleinodien, der bunten Mützen und Mieder, der güldnen Armspangen und Halsbänder, des ganzen Flitterkrams, das die Frauen sehr gern bewundern und womit sie sich noch lieber schmücken. Die reichgestickten Samt- und Seidenstoffe schienen mit der schönen Sara sprechen und ihr allerlei Wunderliches ins Gedächtnis zurückfunkeln zu wollen, und es war ihr wirklich zu Mute, als wäre sie wieder ein kleines Mädchen und Mühmele Täubchen habe ihr Versprechen erfüllt, und sie nach der Frankfurter Messe geführt, und jetzt eben stehe sie vor den hübschen Kleidern, wovon ihr so viel erzählt worden. Mit heimlicher Freude überlegte sie schon was sie nach Bacherach mitbringen wolle, welchem von ihren beiden Bäschen, dem kleinen Blümchen oder dem kleinen Vögelchen, der blauseidne Gürtel am besten gefallen würde, ob auch die grünen Höschen dem kleinen Gottschalk passen mögen, – doch plötzlich sagte sie zu sich selber: ach Gott! die sind ja unterdessen großgewachsen und gestern umgebracht worden! Sie schrak heftig zusammen und die Bilder der Nacht wollten schon mit all ihrem Entsetzen wieder in ihr aufsteigen; doch die goldgestickten Kleider blinzelten nach ihr wie mit tausend Schelmenaugen, und redeten ihr alles Dunkle aus dem Sinn, und wie sie hinaufsah nach dem Antlitz ihres Mannes, so war dieses unumwölkt, und trug seine gewöhnliche ernste Milde. »Mach die Augen zu, schöne Sara« – sagte der Rabbi, und führte seine Frau weiter durch das Menschengedränge.

Welch ein buntes Treiben! Zumeist waren es Handelsleute, die laut mit einander feilschten, oder auch mit sich selber sprechend an den Fingern rechneten, oder auch von einigen hochbepackten Markthelfern, die im kurzen Hundetrapp hinter ihnen herliefen, ihre Einkäufe nach der Herberge schleppen ließen. Andre Gesichter ließen merken, daß bloß die Neugier sie herbeigezogen. Am roten Mantel und der goldnen Halskette erkannte man den breiten Ratsherrn. Das schwarze, wohlhabend bauschichte Wams verriet den ehrsamen stolzen Altbürger. Die eiserne Pickelhaube, das gelblederne Wams und die klirrenden Pfundsporen verkündigten den schweren Reutersknecht. Unterm schwarzen Sammethäubchen, das in einer Spitze auf der Stirne zusammenlief, barg sich ein rosiges Mädchengesicht, und die jungen Gesellen, die gleich witternden Jagdhunden hintendrein sprangen, zeigten sich als vollkommene Stutzer durch ihre keckbefiederten Barette, ihre klingelnden Schnabelschuhe und ihre seidnen Kleider von geteilter Farbe, wo die rechte Seite grün, die linke Seite rot, oder die eine regenbogenartig gestreift, die andre buntscheckig gewürfelt war, so daß die närrischen Burschen aussahen, als wären sie in der Mitte gespalten. Von der Menschenströmung fortgezogen, gelangte der Rabbi mit seinem Weibe nach dem Römer. Dieses ist der große mit hohen Giebelhäusern umgebene Marktplatz der Stadt, seinen Namen führend von einem ungeheuren Hause das »Zum Römer« hieß und vom Magistrate angekauft und zu einem Rathause geweiht wurde. In diesem Gebäude wählte man Deutschlands Kaiser und vor demselben wurden oft edle Ritterspiele gehalten. Der König Maximilian, der dergleichen leidenschaftlich liebte, war damals in Frankfurt anwesend, und Tags zuvor hatte man ihm zu Ehren, vor dem Römer, ein großes Stechen veranstaltet. An den hölzernen Schranken, die jetzt von den Zimmerleuten abgebrochen wurden, standen noch viele Müßiggänger und erzählten sich, wie gestern der Herzog von Braunschweig und der Markgraf von Brandenburg unter Pauken- und Trompetenschall gegen einander gerannt, wie Herr Walter der Lump den Bärenritter so gewaltig aus dem Sattel gestoßen, daß die

Lanzensplitter in die Luft flogen, und wie der lange blonde König Max, im Kreise seines Hofgesindes, auf dem Balkone stand und sich vor Freude die Hände rieb. Die Decken von goldnen Stoffen lagen noch auf der Lehne des Balkons und der spitzbögigen Rathausfenster. Auch die übrigen Häuser des Marktplatzes waren noch festlich geschmückt und mit Wappenschilden verziert, besonders das Haus Limburg, auf dessen Banner eine Jungfrau gemalt war, die einen Sperber auf der Hand trägt, während ihr ein Affe einen Spiegel vorhält. Auf dem Balkone dieses Hauses standen viele Ritter und Damen, in lächelnder Unterhaltung hinabblickend auf das Volk, das unten in tollen Gruppen und Aufzügen hin und her wogte. Welche Menge Müßiggänger von jedem Stande und Alter drängte sich hier, um ihre Schaulust zu befriedigen! Hier wurde gelacht, gegreint, gestohlen, in die Lenden gekniffen, gejubelt, und zwischendrein schmetterte gellend die Trompete des Arztes, der im roten Mantel, mit seinem Hanswurst und Affen, auf einem hohen Gerüste stand, seine eigne Kunstfertigkeit recht eigentlich ausposaunte, seine Tinkturen und Wundersalben anpries, oder ernsthaft das Uringlas betrachtete, das ihm irgend ein altes Weib vorhielt, oder sich anschickte einem armen Bauer den Backzahn auszureißen. Zwei Fechtmeister, in bunten Bändern einherflatternd, ihre Rappiere schwingend, begegneten sich hier wie zufällig und stießen mit Scheinzorn auf einander; nach langem Gefechte erklärten sie sich wechselseitig für unüberwindlich und sammelten einige Pfennige. Mit Trommler und Pfeifer marschierte jetzt vorbei die neu errichtete Schützengilde. Hierauf folgte, angeführt von dem Stöcker, der eine rote Fahne trug, ein Rudel fahrender Fräulein, die aus dem Frauenhause »Zum Esel« von Würzburg herkamen und nach dem Rosentale hinzogen, wo die hochlöbliche Obrigkeit ihnen für die Meßzeit ihr Quartier angewiesen. »Mach die Augen zu, schöne Sara!« – sagte der Rabbi. Denn jene phantastisch und allzu knapp bekleideten Weibsbilder, worunter einige sehr hübsche, gebärdeten auf die unzüchtigste Weise, entblößtem ihren weißen, frechen Busen, neckten die Vorübergehenden mit schamlosen Worten, schwangen ihre langen Wanderstöcke, und indem sie auf letzteren, wie auf Steckenpferden, die Sankt-Katharinen-Pforte hinabritten, sangen sie mit gellender Stimme das Hexenlied:

»Wo ist der Bock, das Höllentier?
Wo ist der Bock? Und fehlt der Bock,
So reiten wir, so reiten wir,
So reiten wir auf dem Stock!«

Dieser Singsang, den man noch in der Ferne hören konnte, verlor sich am Ende in den kirchlich langgezogenen Tönen einer herannahenden Prozession. Das war ein trauriger Zug von kahlköpfigen und barfüßigen Mönchen, welche brennende Wachslichter oder Fahnen mit Heilgenbildern, oder auch große silberne Kruzifixe trugen. An ihrer Spitze gingen rot- und weiß-geröckte Knaben mit dampfenden Weihrauchkesseln. In der Mitte des Zuges unter einem prächtigen Baldachin, sah man Geistliche in weißen Chorhemden von kostbaren Spitzen oder in buntseidnen Stolen, und einer derselben trug in der Hand ein sonnenartig goldnes Gefäß, das er, bei einer Heiligennische der Marktecke anlangend, hoch emporhob, während er lateinische Worte halb rief, halb sang... Zugleich erklingelte ein kleines Glöckchen und alles Volk ringsum verstummte, fiel auf die Knie und bekreuzte sich. Der Rabbi aber sprach zu seinem Weibe:»mach die Augen zu, schöne Sara!« – und hastig zog er sie von hinnen, nach einem schmalen Nebengäßchen, durch ein Labyrinth von engen und krummen Straßen, und endlich über den unbewohnten, wüsten Platz, der das neue Judenquartier von der übrigen Stadt trennte.

Vor jener Zeit wohnten die Juden zwischen dem Dom und dem Mainufer, nämlich von der Brücke bis zum Lumpenbrunnen und von der Mehlwage bis zu Sankt Bartholomäi. Aber die katholischen Priester erlangten eine päpstliche Bulle, die den Juden verwehrte in solcher Nähe der Hauptkirche zu wohnen, und der Magistrat gab ihnen einen Platz auf dem Wollgraben, wo sie das heutige Judenquartier erbauten. Dieses war mit starken Mauern versehen, auch mit eisernen Ketten vor den Toren, um sie gegen Pöbelandrang zu sperren. Denn hier lebten die Juden ebenfalls in Druck und Angst, und mehr als heut zu Tage in der Erinnerung früherer Nöten. Im Jahr 1240 hatte das entzügelte Volk ein großes Blutbad unter ihnen angerichtet, welches man die erste Judenschlacht nannte, und im Jahr 1349, als die Geißler, bei ihrem Durchzuge, die Stadt anzündeten und die Juden des Brandstiftens anklagten, wurden diese von dem aufgereizten Volke zum größten Teil ermordet oder sie fanden den Tod in den Flammen ihrer eignen Häuser, welches man die zweite Judenschlacht nannte. Später bedrohte man die Juden noch oft mit dergleichen Schlachten, und bei innern Unruhen Frankfurts, besonders bei einem Streite des Rates mit den Zünften, stand der Christenpöbel oft im Begriff das Judenquartier zu stürmen. Letzteres hatte zwei Tore, die an katholischen Feiertagen von außen, an jüdischen Feiertagen von innen geschlossen wurden, und vor jedem Tor befand sich ein Wachthaus mit Stadtsoldaten.

Als der Rabbi mit seinem Weibe an das Tor des Judenquartiers gelangte, lagen die Landsknechte, wie man durch die offnen Fenster sehen konnte, auf der Pritsche ihrer Wachtstube, und draußen, vor der Türe, im vollen Sonnenschein, saß der Trommelschläger und phantasierte auf seiner großen Trommel. Das war eine schwere dicke Gestalt; Wams und Hosen von feuergelbem Tuch, an Armen und Lenden weit aufgepufft, und als wenn unzählige Menschenzungen daraus hervorleckten, von oben bis unten besät mit kleinen eingenähten roten Wülstchen; Brust und Rücken gepanzert mit schwarzen Tuchpolstern, woran die Trommel hing; auf dem Kopfe eine platte runde schwarze Kappe; das Gesicht eben so platt und rund, auch orangengelb und mit roten Schwärchen gespickt, und verzogen zu einem gähnenden Lächeln. So saß der Kerl und trommelte die Melodie des Liedes, das einst die Geißler bei der Judenschlacht gesungen, und mit seinem rauhen Biertone gurgelte er die Worte:

»Unsre liebe Fraue,
Die ging im Morgentaue,
Kyrie Eleison!«

»Hans, das ist eine schlechte Melodie« – rief eine Stimme hinter dem verschlossenen Tore des Judenquartiers – »Hans, auch ein schlecht Lied, paßt nicht für die Trommel, paßt gar nicht, und bei Leibe nicht in der Messe und am Ostermorgen, schlecht Lied, gefährlich Lied, Hans, Hänschen, klein Trommelhänschen, ich bin ein einzelner Mensch, und wenn du mich lieb hast, wenn du den Stern lieb hast, den langen Stern, den langen Nasenstern, so hör auf!«

Diese Worte wurden von dem ungesehenen Sprecher, teils angst-voll hastig, teils aufseufzend langsam hervorgestoßen, in einem Tone worin das ziehend Weiche und das heiser Harte schroff ab-wechselte, wie man ihn bei Schwindsüchtigen findet; Der Trommel-schläger blieb unbewegt, und in der vorigen Melodie forttrom-melnd sang er weiter:

> »Da kam ein kleiner Junge,
> Sein Bart war ihm entsprungen,
> Halleluja!«

»Hans« – rief wieder die Stimme des obenerwähnten Sprechers – »Hans, ich bin ein einzelner Mensch, und es ist ein gefährlich Lied, und ich hör' es nicht gern, und ich hab' meine Gründe, und wenn du mich lieb hast, singst du was anders, und morgen trinken wir...«

Bei dem Wort »Trinken« hielt der Hans inne mit seinem Trom-meln und Singen, und biedern Tones sprach er: »Der Teufel hole die Juden, aber du, lieber Nasenstern, bist mein Freund, ich beschütz' dich, und wenn wir noch oft zusammen trinken, werde ich dich auch bekehren. Ich will dein Pate sein, wenn du getauft wirst, wirst du selig, und wenn du Genie hast und fleißig bei mir lernst, kannst du sogar noch Trommelschläger werden. Ja, Nasenstern, du kannst es noch weit bringen, ich will dir den ganzen Katechismus vor-trommeln, wenn wir morgen zusammen trinken – aber jetzt mach mal das Tor auf, da stehen zwei Fremde und begehren Einlaß.«

»Das Tor auf?« – schrie der Nasenstern und die Stimme versagte ihm fast. »Das geht nicht so schnell, lieber Hans, man kann nicht wissen, man kann gar nicht wissen, und ich bin ein einzelner Mensch. Der Veitel Rindskopf hat den Schlüssel und steht jetzt still in der Ecke und brümmelt sein Achtzehn-Gebet; da darf man sich nicht unterbrechen lassen. Jäkel der Narr ist auch hier, aber er schlägt jetzt sein Wasser ab. Ich bin ein einzelner Mensch!«

»Der Teufel hole die Juden!« – rief der Trommelhans, und über diesen eignen Witz laut lachend, trollte er sich nach der Wachtstube und legte sich ebenfalls auf die Pritsche.

Während nun der Rabbi mit seinem Weibe jetzt ganz allein vor dem großen verschlossenen Tore stand, erhub sich hinter demselben eine schnurrende, näselnde, etwas spöttisch gezogene Stimme: »Sternchen, dröhnle nicht so lange, nimm die Schlüssel aus Rindsköpfchens Rocktasche, oder nimm deine Nase, und schließe damit das Tor auf. Die Leute stehen schon lange und warten.«

»Die Leute?« – schrie ängstlich die Stimme des Mannes, den man den Nasenstern nannte – »ich glaubte es wäre nur einer, und ich bitte dich, Narr, lieber Jäkel Narr, guck mal heraus wer da ist?«

Da öffnete sich im Tore ein kleines, wohlvergittertes Fensterlein, und zum Vorschein kam eine gelbe, zweihörnige Mütze und darunter das drollig verschnörkelte Lustigmachergesicht Jäkels des Narren. In demselben Augenblicke schloß sich wieder die Fensterluke und ärgerlich schnarrte es: »Mach auf, mach auf, draußen ist nur ein Mann und ein Weib.«

»Ein Mann und ein Weib!« – ächzte der Nasenstern – »Und wenn das Tor aufgemacht wird, wirft das Weib den Rock ab und es ist auch ein Mann, und es sind dann zwei Männer, und wir sind nur unserer Drei!«

»Sei kein Hase« – erwiderte Jäkel der Narr – »und sei herzhaft und zeige Courage!«

»Courage!« – rief der Nasenstern und lachte mit verdrießlicher Bitterkeit – »Hase! Hase ist ein schlechter Vergleich, Hase ist ein unreines Tier. Courage! Man hat mich nicht der Courage wegen hierhergestellt, sondern der Vorsicht halber. Wenn zu viele kommen soll ich schreien. Aber ich selbst kann sie nicht zurückhalten. Mein Arm ist schwach, ich trage eine Fontenelle und ich bin ein einzelner Mensch. Wenn man auf mich schießt bin ich tot. Dann sitzt der reiche Mendel Reiß am Sabbat bei Tische, und wischt sich vom Maul die Rosinensauce, und streichelt sich den Bauch, und sagt vielleicht: Das lange Nasensternchen war doch ein braves Kerlchen, wär' Es nicht gewesen, so hätten sie das Tor gesprengt, Es hat sich doch für uns totschießen lassen, Es war ein braves Kerlchen, schade daß es tot ist –«

Die Stimme wurde hier allmählig weich und weinerlich, aber plötzlich schlug sie über in einen hastigen, fast erbitterten Ton: »Courage! Und damit der reiche Mendel Reiß sich die Rosinensauce vom Maul abwischen, und sich den Bauch streicheln, und mich braves Kerlchen nennen möge, soll ich mich totschießen lassen? Courage! Herzhaft! Der kleine Strauß war herzhaftig, und hat gestern auf dem Römer dem Stechen zugesehen, und hat geglaubt man kenne ihn nicht, weil er einen violetten Rock trug, von Samt, drei Gulden die Elle, mit Fuchsschwänzchen, ganz goldgestickt, ganz prächtig – und sie haben ihm den violetten Rock so lange geklopft bis er abfärbte und auch sein Rücken violett geworden ist und nicht mehr menschenähnlich sieht. Courage! Der krumme Leser war herzhaftig, nannte unseren lumpigen Schultheiß einen Lump, und sie haben ihn an den Füßen aufgehängt, zwischen zwei Hunden, und der Trommelhans trommelte. Courage! Sei kein Hase! Unter den vielen Hunden ist der Hase verloren, ich bin ein einzelner Mensch, und ich habe wirklich Furcht!«

»Schwör mal!« – rief Jäkel der Narr.

»Ich habe wirklich Furcht!« – wiederholte seufzend der Nasenstern – »ich weiß die Furcht liegt im Geblüt und ich habe es von meiner seligen Mutter –«

»Ja, ja!« – unterbrach ihn Jäkel der Narr – »und deine Mutter hatte es von ihrem Vater, und der hatte es wieder von dem seinigen, und so hatten es deine Voreltern einer vom andern, bis auf deinen Stammvater, welcher unter König Saul gegen die Philister zu Felde zog und der erste war welcher Reißaus nahm. – Aber sich mal, Rindsköpfchen ist gleich fertig, er hat sich bereits zum viertenmal gebückt, schon hüpft er wie ein Floh bei dem dreimaligen Worte Heilig, und jetzt greift er vorsichtig in die Tasche...«

In der Tat, die Schlüssel rasselten, knarrend öffnete sich ein Flügel des Tores, und der Rabbi und sein Weib traten in die ganz menschenleere Judengasse. Der Aufschließer aber, ein kleiner Mann mit gutmütig sauerm Gesicht, nickte träumerisch wie einer, der in seinen Gedanken nicht gern gestört sein möchte, und nachdem er das Tor wieder sorgsam verschlossen, schlappte er, ohne ein Wort zu reden, nach einem Winkel hinter dem Tore, beständig Gebete vor sich hinmurmelnd. Minder schweigsam war Jäkel der Narr, ein untersetzter, etwas krummbeiniger Gesell, mit einem lachend vollroten Antlitz und einer unmenschlich großen Fleischhand, die er, aus den weiten Ärmeln seiner buntscheckigen Jacke, zum Willkomm hervorstreckte. Hinter ihm zeigte oder vielmehr barg sich eine lange, magere Gestalt, der schmale Hals weißbefiedert von einer feinen batistnen Krause, und das dünne, blasse Gesicht gar wundersam geziert mit einer fast unglaublich langen Nase, die sich neugierig angstvoll hin und her bewegte.

»Gott willkommen! Zum guten Festtag!« – rief Jäkel der Narr – »wundert Euch nicht daß jetzt die Gasse so leer und still ist. Alle unsere Leute sind jetzt in der Synagoge und Ihr kommt eben zur rechten Zeit um dort die Geschichte von der Opferung Isaaks vorlesen zu hören. Ich kenne sie, es ist eine interessante Geschichte, und wenn ich sie nicht schon dreiunddreißigmal angehört hätte, so würde ich sie gern dies Jahr noch einmal hören. Und es ist eine wichtige Geschichte, denn wenn Abraham den Isaak wirklich geschlachtet hätte, und nicht den Ziegenbock, so wären jetzt mehr Ziegenböcke und weniger Juden auf der Welt.« – Und mit wahnsinnig lustiger Grimasse fing der Jäkel an folgendes Lied aus der Agade zu singen:

»Ein Böcklein, ein Böcklein, das gekauft Väterlein, er gab dafür zwei Suslein; ein Böcklein! ein Böcklein!

»Es kam ein Kätzlein, und aß das Böcklein, das gekauft Väterlein, er gab dafür zwei Suslein; ein Böcklein, ein Böcklein!

»Es kam ein Hündlein, und biß das Kätzlein, das gefressen das Böcklein, das gekauft Väterlein, er gab dafür zwei Suslein; ein Böcklein, ein Böcklein!

»Es kam ein Stöcklein und schlug das Hündlein, das gebissen das Kätzlein, das gefressen das Böcklein, das gekauft Väterlein, er gab dafür zwei Suslein; ein Böcklein, ein Böcklein!

»Es kam ein Feuerlein und verbrannte das Stöcklein, das geschlagen das Hündlein, das gebissen das Kätzlein, das gefressen das Böcklein, das gekauft Väterlein, er gab dafür zwei Suslein; ein Böcklein, ein Böcklein!

»Es kam ein Wässerlein und löschte das Feuerlein, das verbrannt das Stöcklein, das geschlagen das Hündlein, das gebissen das Kätzlein, das gefressen das Böcklein, das gekauft Väterlein, er gab dafür zwei Suslein; ein Böcklein, ein Böcklein!

»Es kam ein Öchslein und soff das Wässerlein, das gelöscht das Feuerlein, das verbrannt das Stöcklein, das geschlagen das Hündlein, das gebissen das Kätzlein, das gefressen das Böcklein, das gekauft Väterlein, er gab dafür zwei Suslein; ein Böcklein, ein Böcklein!

»Es kam ein Schlächterlein und schlachtete das Öchslein, das gesoffen das Wässerlein, das gelöscht das Feuerlein, das verbrannt das Stöcklein, das geschlagen das Hündlein, das gebissen das Kätzlein, das gefressen das Böcklein, das gekauft Väterlein, er gab dafür zwei Suslein; ein Böcklein, ein Böcklein!

»Es kam ein Todesenglein und schlachtete das Schlächterlein, das geschlachtet das Öchslein, das gesoffen das Wässerlein, das gelöscht das Feuerlein, das verbrannt das Stöcklein, das geschlagen das Hündlein, das gebissen das Kätzlein, das gefressen das Böcklein, das gekauft Väterlein, er gab dafür zwei Suslein; ein Böcklein, ein Böcklein!«

»Ja, schöne Frau« – fügte der Sänger hinzu – »einst kommt der Tag, wo der Engel des Todes den Schlächter schlachten wird, und all unser Blut kommt über Edom; denn Gott ist ein rächender Gott ---«

Aber plötzlich den Ernst, der ihn unwillkürlich beschlichen, gewaltsam abstreifend, stürzte sich Jäkel der Narr wieder in seine Possenreißerein und fuhr fort mit schnarrendem Lustigmachertone: »Fürchtet Euch nicht, schöne Frau, der Nasenstern tut Euch nichts zu Leid. Nur für die alte Schnapper-Elle ist er gefährlich. Sie hat sich in seine Nase verliebt, aber die verdient es auch. Sie ist schön wie der Turm der gen Damaskus schaut und erhaben wie die Ceder des Libanons. Auswendig glänzt sie wie Glimmgold und Sirop, und inwendig ist lauter Musik und Lieblichkeit. Im Sommer blüht sie, im Winter ist sie zugefroren, und Sommer und Winter wird sie gehätschelt von Schnapper-Elles weißen Händen. Ja, die Schnapper-Elle ist verliebt in ihn, ganz vernarrt. Sie pflegt ihn, sie füttert ihn, und sobald er fett genug ist, wird sie ihn heuraten, und für ihr Alter ist sie noch jung genug, und wer mal nach dreihundert Jahren hierher nach Frankfurt kömmt, wird den Himmel nicht sehen können vor lauter Nasensternen!«

»Ihr seid Jäkel der Narr« – rief lachend der Rabbi – »ich merk' es an Euren Worten. Ich habe oft von Euch sprechen gehört.«

»Ja, ja« – erwiderte jener mit drolliger Bescheidenheit – »ja, ja, das macht der Ruhm. Man ist oft weit und breit für einen größeren Narren bekannt als man selbst weiß. Doch ich gebe mir viele Mühe ein Narr zu sein und springe und schüttle mich, damit die Schellen klingeln. Andere haben's leichter... Aber sagt mir, Rabbi, warum reiset Ihr am Feiertage?«

»Meine Rechtfertigung« – versetzte der Befragte – »steht im Talmud, und es heißt: Gefahr vertreibt den Sabbat.«

»Gefahr!« – schrie plötzlich der lange Nasenstern und gebärdete sich wie in Todesangst – »Gefahr! Gefahr! Trommelhans trommel', trommle, Gefahr! Gefahr! Trommelhans...«

Draußen aber rief der Trommelhans mit seiner dicken Bierstimme: »Tausend Donner Sakrament! Der Teufel hole die Juden! Das ist schon das drittemal, daß du mich heute aus dem Schlafe weckst, Nasenstern! Mach mich nicht rasend! Wenn ich rase, werde ich wie der leibhaftige Satanas, und dann, so wahr ich ein Christ bin, dann schieße ich mit der Büchse durch die Gitterluke des Tores, und dann hüte jeder seine Nase!«

»Schieß nicht! schieß nicht! ich bin ein einzelner Mensch« – wimmerte angstvoll der Nasenstern und drückte sein Gesicht fest an die nächste Mauer, und in dieser Stellung verharrte er zitternd und leise betend.

»Sagt, sagt, was ist passiert?« – rief jetzt auch Jäkel der Narr, mit all jener hastigen Neugier, die schon damals den Frankfurter Juden eigentümlich war.

Der Rabbi aber riß sich von ihm los und ging mit seinem Weibe weiter die Judengasse hinauf. »Sieh, schöne Sara« – sprach er seufzend – »wie schlecht geschützt ist Israel! Falsche Freunde hüten seine Tore von außen, und drinnen sind seine Hüter Narrheit und Furcht!«

Langsam wanderten die beiden durch die lange, leere Straße, wo nur hie und da ein blühender Mädchenkopf zum Fenster hinausguckte, während sich die Sonne in den blanken Scheiben festlich

heiter bespiegelte. Damals nämlich waren die Häuser des Juden-
viertels noch neu und nett, auch niedriger wie jetzt, indem erst späterhin die Juden, als sie in Frankfurt sich sehr vermehrten und doch
ihr Quartier nicht erweitern durften, dort immer ein Stockwerk über
das andere bauten, sardellenartig zusammenrückten und dadurch
an Leib und Seele verkrüppelten. Der Teil des Judenquartiers, der
nach dem großen Brande stehen geblieben und den man die Alte
Gasse nennt, jene hohen schwarzen Häuser, wo ein grinsendes,
feuchtes Volk umherschachert, ist ein schauderhaftes Denkmal des
Mittelalters. Die ältere Synagoge existiert nicht mehr; sie war minder geräumig als die jetzige, die später erbaut wurde, nachdem die
Nüremberger Vertriebenen in die Gemeinde aufgenommen worden. Sie lag nördlicher. Der Rabbi brauchte ihre Lage nicht erst zu
erfragen. Schon aus der Ferne vernahm er die vielen, verworrenen
und überaus lauten Stimmen. Im Hofe des Gotteshauses trennte er
sich von seinem Weibe. Nachdem er an dem Brunnen, der dort
steht, seine Hände gewaschen, trat er in jenen untern Teil der Synagoge, wo die Männer beten; die schöne Sara hingegen erstieg eine
Treppe und gelangte oben nach der Abteilung der Weiber.

Diese obere Abteilung war eine Art Galerie mit drei Reihen hölzerner, braunrot angestrichener Sitze, deren Lehne oben mit einem
hängenden Brette versehen war, das, um das Gebetbuch darauf zu
legen, sehr bequem aufgeklappt werden konnte. Die Frauen saßen
hier schwatzend neben einander, oder standen aufrecht, inbrünstig
betend; manchmal auch traten sie neugierig an das große Gitter, das
sich längs der Morgenseite hinzog und durch dessen dünne grüne
Latten man hinabschauen konnte in die untere Abteilung der Synagoge. Dort, hinter hohen Betpulten, standen die Männer in ihren
schwarzen Mänteln, die spitzen Bärte herabschießend über die weißen Halskrausen, und die plattbedeckten Köpfe mehr oder minder
verhüllt von einem viereckigen, mit den gesetzlichen Schaufäden
versehenen Tuche, das aus weißer Wolle oder Seide bestand, mitun-
ter auch mit goldnen Tressen geschmückt war. Die Wände der Synagoge waren ganz einförmig geweißt, und man sah dort keine
andre Zierat als etwa das vergoldete Eisengitter um die viereckige
Bühne, wo die Gesetzabschnitte verlesen werden, und die heilige
Lade, ein kostbar gearbeiteter Kasten, scheinbar getragen von mar-
mornen Säulen mit üppigen Kapitälern, deren Blumen- und Laub-

werk gar lieblich emporrankte, und bedeckt mit einem Vorhang von kornblauem Sammet, worauf mit Goldflittern, Perlen und bunten Steinen eine fromme Inschrift gestickt war. Hier hing die silberne Gedächtnis-Ampel und erhob sich ebenfalls eine vergitterte Bühne, auf deren Geländer sich allerlei heilige Geräte befanden, unter andern der siebenarmige Tempel-Leuchter, und vor demselben, das Antlitz gegen die Lade, stand der Vorsänger, dessen Gesang instrumentenartig begleitet wurde von den Stimmen seiner beiden Gehülfen, des Bassisten und des Diskantsingers. Die Juden haben nämlich alle wirkliche Instrumentalmusik aus ihrer Kirche verbannt, wähnend, daß der Lobgesang Gottes erbaulicher aufsteige aus der warmen Menschenbrust als aus kalten Orgelpfeifen. Recht kindlich freute sich die schöne Sara, als jetzt der Vorsänger, ein trefflicher Tenor, seine Stimme erhob und die uralten, ernsten Melodien, die sie so gut kannte, in noch nie geahndeter junger Lieblichkeit aufblüheten, während der Bassist, zum Gegensatze, die tiefen, dunkeln Töne hineinbrummte, und in den Zwischenpausen der Diskantsänger fein und süß trillerte. Solchen Gesang hatte die schöne Sara in der Synagoge von Bacherach niemals gehört, denn der Gemeindevorsteher, David Lewi, machte dort den Vorsänger, und wenn dieser schon bejahrte zitternde Mann, mit seiner zerbröckelten, meckernden Stimme wie ein junges Mädchen trillern wollte, und in solch gewaltsamer Anstrengung seinen schlaff herabhängenden Arm fieberhaft schüttelte, so reizte dergleichen wohl mehr zum Lachen als zur Andacht.

Ein frommes Behagen, gemischt mit weiblicher Neugier, zog die schöne Sara ans Gitter, wo sie hinabschauen konnte in die untere Abteilung, die sogenannte Männerschule. Sie hatte noch nie eine so große Anzahl Glaubensgenossen gesehen, wie sie da unten erblickte, und es ward ihr noch heimlich wohler ums Herz in der Mitte so vieler Menschen, die ihr so nahe verwandt durch gemeinschaftliche Abstammung, Denkweise und Leiden. Aber noch viel bewegter wurde die Seele des Weibes, als drei alte Männer ehrfurchtsvoll vor die heilige Lade traten, den glänzenden Vorhang an die Seite schoben, den Kasten aufschlossen und sorgsam jenes Buch herausnahmen, das Gott mit heilig eigner Hand geschrieben und für dessen Erhaltung die Juden so viel erduldet, so viel Elend und Haß, Schmach und Tod, ein tausendjähriges Martyrium. Dieses Buch, eine große Pergamentrolle, war wie ein fürstliches Kind in einem buntgestickten Mäntelchen von rotem Sammet gehüllt; oben, auf den beiden Rollhölzern, steckten zwei silberne Gehäuschen, worin allerlei Granaten und Glöckchen sich zierlich bewegten und klingelten, und vorn, an silbernen Kettchen, hingen goldne Schilde mit bunten Edelsteinen. Der Vorsänger nahm das Buch, und als sei es ein wirkliches Kind, ein Kind um dessentwillen man große Schmerzen erlitten und das man nur desto mehr liebt, wiegte er es in seinen Armen, tänzelte damit hin und her, drückte es an seine Brust, und durchschauert von solcher Berührung, erhub er seine Stimme zu einem so jauchzend frommen Dankliede, daß es der schönen Sara bedünkte, als ob die Säulen der heiligen Lade zu blühen begönnen, und die wunderbaren Blumen und Blätter der Kapitäler immer höher hinaufwüchsen, und die Töne des Diskanten sich in lauter Nachtigallen verwandelten, und die Wölbung der Synagoge gesprengt würde von den gewaltigen Tönen des Bassisten, und die Freudigkeit Gottes herabströmte aus dem blauen Himmel. Das war ein schöner Psalm. Die Gemeinde wiederholte chorartig die Schlußverse, und nach der erhöhten Bühne in der Mitte der Synagoge schritt langsam der Vorsänger mit dem heiligen Buche, während Männer und Knaben sich hastig hinzudrängten um die Sammethülle desselben zu küssen oder auch nur zu berühren. Auf der erwähnten Bühne zog man von dem heiligen Buche das samtne Mäntelchen, so wie auch die mit bunten Buchstaben beschriebenen Windeln, womit es umwickelt war, und aus der geöffneten Pergamentrolle, in jenem singenden Tone, der am Paschafest noch gar besonders moduliert wird, las der Vorsänger die erbauliche Geschichte von der Versuchung Abrahams.

Die schöne Sara war bescheiden vom Gitter zurückgewichen, und eine breite, putzbeladene Frau von mittlerem Alter und gar gespreizt wohlwollendem Wesen, hatte ihr, mit stummen Nicken, die Miteinsicht in ihrem Gebetbuche vergönnt. Diese Frau mochte wohl keine große Schriftgelehrtin sein; denn als sie die Gebete murmelnd vor sich hinlas, wie die Weiber, da sie nicht laut mitsingen dürfen, zu tun pflegen, so bemerkte die schöne Sara, daß sie viele Worte allzusehr nach Gutdünken aussprach und manche gute Zeile ganz überschlupperte. Nach einer Weile aber hoben sich schmachtend langsam die wasserklaren Augen der guten Frau, ein flaches Lächeln glitt über das porzellanhaft rot und weiße Gesicht, und mit einem Tone, der so vornehm als möglich hinschmelzen wollte, sprach sie zur schönen Sara: »Er singt sehr gut. Aber ich habe doch in Holland noch viel besser singen hören. Sie sind fremd und wissen vielleicht nicht, daß es der Vorsänger aus Worms ist, und daß man ihn hier behalten will wenn er mit jährlichen vierhundert Gulden zufrieden. Es ist ein lieber Mann und seine Hände sind wie Alabaster. Ich halte viel von einer schönen Hand. Eine schöne Hand ziert den ganzen Menschen!« – Dabei legte die gute Frau selbstgefällig ihre Hand, die wirklich noch schön war, auf die Lehne des Betpultes, und mit einer graziösen Beugung des Hauptes andeutend, daß sie sich im Sprechen nicht gern unterbrechen lasse, setzte sie hinzu: »Das Singerchen ist noch ein Kind und sieht sehr abgezehrt aus. Der Baß ist gar zu häßlich und unser Stern hat mal sehr witzig gesagt: Der Baß ist ein größerer Narr als man von einem Baß zu verlangen braucht! Alle drei speisen in meiner Garküche, und Sie wissen vielleicht nicht, daß ich Elle Schnapper bin.«

Die schöne Sara dankte für diese Mitteilung, wogegen wieder die Schnapper-Elle ihr ausführlich erzählte, wie sie einst in Amsterdam gewesen, dort wegen ihrer Schönheit gar vielen Nachstellungen unterworfen war, und wie sie drei Tage vor Pfingsten nach Frankfurt gekommen und den Schnapper geheuratet, wie dieser am Ende gestorben, wie er auf dem Todbette die rührendsten Dinge gesprochen, und wie es schwer sei als Vorsteherin einer Garküche die Hände zu konservieren. Manchmal sah sie nach der Seite, mit wegwerfendem Blicke, der wahrscheinlich einigen spöttischen jungen Weibern galt, die ihren Anzug musterten. Merkwürdig genug war diese Kleidung: ein weitausgebauschter Rock von weißem Atlas, worin alle Tierarten der Arche Noä grellfarbig gestickt, ein Wams von Goldstoff wie ein Küraß, die Ärmel von rotem Samt, gelb geschlitzt, auf dem Haupte eine unmenschlich hohe Mütze, um den Hals eine allmächtige Krause von weißem Steiflinnen, so wie auch eine silberne Kette, woran allerlei Schaupfennige, Kameen und Raritäten, unter andern ein großes Bild der Stadt Amsterdam, bis über den Busen herabhingen. Aber die Kleidung der übrigen Frauen war nicht minder merkwürdig und bestand wohl aus einem Gemische von Moden verschiedener Zeiten, und manches Weiblein, bedeckt mit Gold und Diamanten, glich einem wandelnden Juwelierladen. Es war freilich den Frankfurter Juden damals eine bestimmte Kleidung gesetzlich vorgeschrieben, und zur Unterscheidung von den Christen, sollten die Männer an ihren Mänteln gelbe Ringe und die Weiber an ihren Mützen hochaufstehende blaugestreifte Schleier tragen. Jedoch im Judenquartier wurde diese obrigkeitliche Verordnung wenig beachtet, und dort, besonders an Festtagen, und zumal in der Synagoge, suchten die Weiber so viel Kleiderpracht als möglich gegen einander auszukramen, teils um sich beneiden zu lassen, teils um den Wohlstand und die Kreditfähigkeit ihrer Eheherrn darzutun.

Während nun unten in der Synagoge die Gesetzabschnitte aus den Büchern Mosis vorgelesen werden, pflegt dort die Andacht etwas nachzulassen. Mancher macht es sich bequem und setzt sich nieder, flüstert auch wohl mit einem Nachbar über weltliche Angelegenheiten, oder geht hinaus auf den Hof, um frische Luft zu schöpfen. Kleine Knaben nehmen sich unterdessen die Freiheit ihre Mütter in der Weiberabteilung zu besuchen, und hier hat alsdann die Andacht wohl noch größere Rückschritte gemacht; hier wird geplaudert, geruddelt, gelacht, und, wie es überall geschieht, die jüngeren Frauen scherzen über die alten, und diese klagen wieder über Leichtfertigkeit der Jugend und Verschlechterung der Zeiten. Gleichwie es aber unten in der Synagoge zu Frankfurt einen Vorsänger gab, so gab es in der obern Abteilung eine Vorklatscherin. Das war Hündchen Reiß, eine platte grünliche Frau, die jedes Unglück witterte und immer eine skandalöse Geschichte auf der Zunge trug. Die gewöhnliche Zielscheibe ihrer Spitzreden war die arme Schnapper-Elle, sie wußte gar drollig die erzwungen vornehmen Gebärden derselben nachzuäffen, so wie auch den schmachtenden Anstand womit sie die schalkhaften Huldigungen der Jugend entgegen nimmt.

»Wißt Ihr wohl« – rief jetzt Hündchen Reiß – »die Schnapper-Elle hat gestern gesagt: wenn ich nicht schön und klug und geliebt wäre, so möchte ich nicht auf der Welt sein!«

Da wurde etwas laut gekichert, und die nahstehende Schnapper-Elle, merkend daß es auf ihre Kosten geschah, hob verachtungsvoll ihr Auge empor, und wie ein stolzes Prachtschiff segelte sie nach einem entfernteren Platze. Die Vögele Ochs, eine runde, etwas täppische Frau, bemerkte mitleidig: die Schnapper-Elle sei zwar eitel und beschränkt, aber sehr bravmütig, und sie tue sehr viel Gutes an Leute, die es nötig hätten.

»Besonders an den Nasenstern« – zischte Hündchen Reiß. Und alle die das zarte Verhältnis kannten, lachten um so lauter.

»Wißt Ihr wohl« – setzte Hündchen hämisch hinzu – »der Nasenstern schläft jetzt auch im Hause der Schnapper-Elle... Aber seht mal dort unten die Süschen Flörsheim trägt die Halskette die Daniel Fläsch bei ihrem Manne versetzt hat. Die Fläsch ärgert sich... Jetzt spricht sie mit der Flörsheim... Wie sie sich so freundlich die Hand drücken! Und hassen sich doch wie Midian und Moab! Wie sie sich so liebevoll anlächeln! Freßt Euch nur nicht vor lauter Zärtlichkeit! Ich will mir das Gespräch anhören.«

Und nun, gleich einem lauernden Tiere, schlich Hündchen Reiß hinzu und hörte, daß die beiden Frauen teilnehmend einander klagten, wie sehr sie sich verflossene Woche abgearbeitet, um in ihren Häusern aufzuräumen und das Küchengeschirr zu scheuern, was vor dem Paschafeste geschehen muß, damit kein einziges Brosämchen der gesäuerten Bröte daran kleben bleibe. Auch von der Mühseligkeit beim Backen der ungesäuerten Bröte sprachen die beiden Frauen. Die Fläsch hatte noch besondere Beklagnisse: im Backhause der Gemeinde mußte sie viel Ärger erleiden, nach der Entscheidung des Loses konnte sie dort erst in den letzten Tagen, am Vorabend des Festes, und erst spät Nachmittags zum Backen gelangen, die alte Hanne hatte den Teig schlecht geknetet, die Mägde rollten mit ihren Wergelhölzern den Teig viel zu dünn, die Hälfte der Bröte verbrannte im Ofen, und außerdem regnete es so stark, daß es durch das bretterne Dach des Backhauses beständig tröpfelte, und sie mußten sich dort, naß und müde, bis tief in die Nacht abarbeiten.

»Und daran, liebe Flörsheim« – setzte die Fläsch hinzu mit einer schonenden Freundlichkeit, die keineswegs echt war – »daran waren Sie auch ein bischen schuld, weil Sie mir nicht Ihre Leute zur Hülfleistung beim Backen geschickt haben.«

»Ach Verzeihung« – erwiderte die andre – »meine Leute waren zu sehr beschäftigt, die Meßwaren müssen verpackt werden, wir haben jetzt so viel zu tun, mein Mann...«

»Ich weiß« – fiel ihr die Fläsch mit schneidend hastigem Tone in die Rede – »ich weiß, Ihr habt viel zu tun, viel Pfänder, und gute Geschäfte, und Halsketten...«

Eben wollte ein giftiges Wort den Lippen der Sprecherin entgleiten und die Flörsheim ward schon rot wie ein Krebs, als plötzlich Hündchen Reiß laut aufkreischte: »Um Gottes willen, die fremde Frau liegt und stirbt... Wasser! Wasser!«

Die schöne Sara lag in Ohnmacht, blaß wie der Tod, und um sie herum drängte sich ein Schwarm von Weibern, geschäftig und jammernd. Die eine hielt ihr den Kopf, eine zweite hielt ihr den Arm; einige alte Frauen bespritzten sie mit den Wassergläschen, die hinter ihren Betpulten hängen, zum Behufe des Händewaschens, im Fall sie zufällig ihren eignen Leib berührten; andre hielten unter die Nase der Ohnmächtigen eine alte Zitrone, die mit Gewürznägelchen durchstochen, noch vom letzten Fasttage herrührte, wo sie zum nervenstärkenden Anriechen diente. Ermattet und tief seufzend schlug endlich die schöne Sara die Augen auf, und mit stummen Blicken dankte sie für die gütige Sorgfalt. Doch jetzt ward unten das Achtzehn-Gebet, welches niemand versäumen darf, feierlich angestimmt, und die geschäftigen Weiber eilten zurück nach ihren Plätzen, und verrichteten jenes Gebet, wie es geschehen muß, stehend und das Gesicht gewendet gegen Morgen, welches die Himmelsgegend wo Jerusalem liegt. Vögele Ochs, Schnapper-Elle und Hündchen Reiß verweilten am längsten bei der schönen Sara; die beiden ersteren indem sie ihr eifrigst ihre Dienste anboten, die letztere, nachdem sie sich nochmals bei ihr erkundigte: weshalb sie so plötzlich ohnmächtig geworden?

Die Ohnmacht der schönen Sara hatte aber eine ganz besondere Ursache. Es ist nämlich Gebrauch in der Synagoge, daß jemand, welcher einer großen Gefahr entronnen, nach der Verlesung der Gesetzabschnitte, öffentlich hervortritt und der göttlichen Vorsicht für seine Rettung dankt. Als nun Rabbi Abraham zu solcher Danksagung unten in der Synagoge sich erhob, und die schöne Sara die Stimme ihres Mannes erkannte, merkte sie wie der Ton derselben allmählig in das trübe Gemurmel des Totengebetes überging, sie hörte die Namen ihrer Lieben und Verwandten, und zwar begleitet von jenem segnenden Beiwort, das man den Verstorbenen erteilt...

und die letzte Hoffnung schwand aus der Seele der schönen Sara, und ihre Seele ward zerrissen von der Gewißheit, daß ihre Lieben und Verwandte wirklich ermordet worden, daß ihre kleine Nichte tot sei, daß auch ihre Bäschen, Blümchen und Vögelchen, tot seien, auch der kleine Gottschalk tot sei, alle ermordet und tot! Von dem Schmerze dieses Bewußtseins wäre sie schier selber gestorben, hätte sich nicht eine wohltätige Ohnmacht über ihre Sinne ergossen.

Drittes Kapitel

Als die schöne Sara, nach beendigtem Gottesdienste, in den Hof der Synagoge hinabstieg, stand dort der Rabbi, harrend seines Weibes. Er nickte ihr mit heiterem Antlitz und geleitete sie hinaus auf die Straße, wo die frühere Stille ganz verschwunden und ein lärmiges Menschengewimmel zu schauen war. Bärtige Schwarzröcke, wie Ameisenhaufen; Weiber, glanzreich hinflatternd, wie Goldkäfer; neugekleidete Knaben, die den Alten die Gebetbücher nachtrugen; junge Mädchen, die, weil sie nicht in die Synagoge gehen dürfen, jetzt aus den Häusern ihren Eltern entgegenhüpfen, vor ihnen die Lockenköpfchen beugen, um den Segen zu empfangen: Alle heiter und freudig, und die Gasse auf und ab spazierend, im seligen Vorgefühl eines guten Mittagsmahls, dessen lieblicher Duft schon mundwässernd hervorstieg aus den schwarzen, mit Kreide bezeichneten Töpfen, die eben von den lachenden Mägden aus dem großen Gemeinde-Ofen geholt worden.

In diesem Gewirre war besonders bemerkbar die Gestalt eines spanischen Ritters, auf dessen jugendlichen Gesichtszügen jene reizende Blässe lag, welche die Frauen gewöhnlich einer unglücklichen Liebe, die Männer hingegen einer glücklichen zuschreiben. Sein Gang, obschon gleichgültig hinschlendernd, hatte dennoch eine etwas gesuchte Zierlichkeit; die Federn seines Barettes bewegten sich mehr durch das vornehme Wiegen des Hauptes, als durch das Wehen des Windes; mehr als eben notwendig klirrten seine goldenen Sporen und das Wehrgehänge seines Schwertes, welches er im Arme zu tragen schien, und dessen Griff kostbar hervorblitzte aus dem weißen Reutermantel, der seine schlanken Glieder scheinbar nachlässig umhüllte und dennoch den sorgfältigsten Faltenwurf verriet. Hin und wieder, teils mit Neugier, teils mit Kennermiene nahte er sich den vorüberwandelnden Frauenzimmern, sah ihnen seelenruhig fest ins Antlitz, verweilte bei solchem Anschaun wenn die Gesichter der Mühe lohnten, sagte auch manchem liebenswürdigen Kinde einige rasche Schmeichelworte, und schritt sorglos weiter ohne die Wirkung zu erwarten. Die schöne Sara hatte er schon mehrmals umkreist, jedesmal wieder zurückgescheucht von dem gebietenden Blick derselben oder auch von der rätselhaft lächelnden Miene ihres Mannes, aber endlich, in stolzem Abstreifen aller scheuen Befangenheit, trat er beiden keck in den Weg, und mit stutzerhafter Sicherheit und süßlich galantem Tone hielt er folgende Anrede:

»Sennora, ich schwöre! Hört, Sennora, ich schwöre! Bei den Rosen beider Kastilien, bei den aragonesischen Hyazinthen und andalusischen Granatblüten! Bei der Sonne die ganz Spanien mit all seinen Blumen, Zwiebeln, Erbsensuppen, Wäldern, Bergen, Mauleseln, Ziegenböcken und Alt-Christen beleuchtet! Bei der Himmelsdecke, woran diese Sonne nur ein goldner Quast ist! Und bei dem Gott, der auf der Himmelsdecke sitzt, und Tag und Nacht über neue Bildungen holdseliger Frauengestalten nachsinnt... Ich schwöre, Sennora, Ihr seid das schönste Weib, das ich in deutschen Landen gesehen habe, und so Ihr gewillet seid meine Dienste anzunehmen, so bitte ich Euch um die Gunst, Huld und Erlaubnis mich Euren Ritter nennen zu dürfen, und in Schimpf und Ernst Eure Farben zu tragen!«

Ein errötender Schmerz glitt über das Antlitz der schönen Sara, und mit einem Blicke, der um so schneidender wirkt, je sanfter die Augen sind die ihn versenden, und mit einem Tone, der um so vernichtender je bebend weicher die Stimme, antwortete die tiefgekränkte Frau:

»Edler Herr! Wenn Ihr mein Ritter sein wollt, so müßt Ihr gegen ganze Völker kämpfen, und in diesem Kampfe gibt es wenig Dank und noch weniger Ehre zu gewinnen! Und wenn Ihr gar meine Farben tragen wollt, so müßt Ihr gelbe Ringe auf Euren Mantel nähen oder eine blaugestreifte Schärpe umbinden: denn dieses sind meine Farben, die Farben meines Hauses, des Hauses welches Israel heißt, und sehr elend ist, und auf den Gassen verspottet wird von den Söhnen des Glücks!«

Plötzliche Purpurröte bedeckte die Wangen des Spaniers, eine unendliche Verlegenheit arbeitete in allen seinen Zügen und fast stotternd sprach er:

»Sennora... Ihr habt mich mißverstanden... unschuldiger Scherz... aber, bei Gott, kein Spott, kein Spott über Israel... Ich stamme selber aus dem Hause Israel... mein Großvater war ein Jude, vielleicht so gar mein Vater...«

»Und ganz sicher, Sennor, ist Eur Oheim ein Jude« – fiel ihm der Rabbi, der dieser Szene ruhig zugesehen, plötzlich in die Rede, und mit einem fröhlich neckenden Blicke setzte er hinzu: – »und ich will mich selbst dafür verbürgen, daß Don Isaak Abarbanel, Neffe des großen Rabbi, dem besten Blute Israels entsprossen ist, wo nicht gar dem königlichen Geschlechte Davids!«

Da klirrte das Schwertgehänge unter dem Mantel des Spaniers, seine Wangen erblichen wieder bis zur fahlsten Blässe, auf seiner Oberlippe zuckte es wie Hohn der mit dem Schmerze ringt, aus seinen Augen grinste der zornigste Tod, und in einem ganz verwandelten, eiskalten, scharfgehackten Tone sprach er:

»Sennor Rabbi! Ihr kennt mich. Nun wohlan, so wißt Ihr auch wer ich bin. Und weiß der Fuchs, daß ich der Brut des Löwen angehöre, so wird er sich hüten, und seinen Fuchsbart nicht in Lebensgefahr bringen und meinen Zorn nicht reizen! Wie will der Fuchs den Löwen richten? Nur wer wie der Löwe fühlt, kann seine Schwächen begreifen...«

»O, ich begreife es wohl« – antwortete der Rabbi und wehmütiger Ernst zog über seine Stirne – »ich begreife es wohl, wie der stolze Leu aus Stolz seinen fürstlichen Pelz abwirft und sich in den bunten Schuppenpanzer des Krokodils verkappt, weil es Mode ist ein greinendes, schlaues, gefräßiges Krokodil zu sein! Was sollen erst die geringeren Tiere beginnen, wenn sich der Löwe verleugnet? Aber hüte dich, Don Isaak, du bist nicht geschaffen für das Element des Krokodils. Das Wasser – (du weißt wohl wovon ich rede) – ist dein Unglück, und du wirst untergehn. Nicht im Wasser ist dein Reich; die schwächste Forelle kann besser darin gedeihen als der König des Waldes. Weißt du noch, wie dich die Strudel des Tago verschlingen wollten...«

In ein lautes Gelächter ausbrechend, fiel Don Isaak plötzlich dem Rabbi um den Hals, verschloß seinen Mund mit Küssen, sprang sporenklirrend vor Freude in die Höhe, daß die vorbeigehenden Juden zurückschraken, und in seinem natürlich herzlich heiteren Tone rief er:

»Wahrhaftig, du bist Abraham von Bacherach! Und es war ein guter Witz und obendrein ein Freundschaftsstück, als du zu Toledo von der Alkantara-Brücke ins Wasser sprangest und deinen Freund, der besser trinken als schwimmen konnte, beim Schopf faßtest und aufs Trockene zogest! Ich war nahe dran, recht gründliche Untersuchungen anzustellen: ob auf dem Grunde des Tago wirklich Goldkörner zu finden, und ob ihn mit Recht die Römer den goldnen Fluß genannt haben? Ich sage dir, ich erkälte mich noch heute durch die bloße Erinnerung an jene Wasserpartie.«

Bei diesen Worten gebärdete sich der Spanier, als wollte er anhängende Wassertropfen von sich abschütteln. Das Antlitz des Rabbi aber war gänzlich aufgeheitert. Er drückte seinem Freunde wiederholentlich die Hand und jedesmal sagte er: »Ich freue mich!«

»Und ich freue mich ebenfalls« – sprach der andre – »wir haben uns seit sieben Jahren nicht gesehen; bei unserem Abschied war ich noch ein ganz junger Gelbschnabel, und du, du warst schon so gesetzt und ernsthaft... Was ward aber aus der schönen Donna, die dir damals so viele Seufzer kostete, wohlgereimte Seufzer, die du mit Lautenklang begleitet hast...«

»Still, still! die Donna hört uns, sie ist mein Weib, und du selbst hast ihr heute eine Probe deines Geschmackes und Dichtertalents dargebracht.«

Nicht ohne Nachwirkung der früheren Verlegenheit, begrüßte der Spanier die schöne Frau, welche mit anmutiger Güte jetzt bedauerte, daß sie durch Äußerungen des Unmuts einen Freund ihres Mannes betrübt habe.

»Ach, Sennora« – antwortete Don Isaak – »wer mit täppischer Hand nach einer Rose griff, darf sich nicht beklagen, daß ihn die Dornen verletzten! Wenn der Abendstern sich im blauen Strome goldfunkelt abspiegelt...«

»Ich bitte dich um Gotteswillen« – unterbrach ihn der Rabbi – »hör auf!... Wenn wir solange warten sollen bis der Abendstern sich im blauen Strome goldfunkelt abspiegelt, so verhungert meine Frau; sie hat seit gestern nichts gegessen und seitdem viel Ungemach und Mühsal erlitten.«

»Nun, so will ich Euch nach der besten Garküche Israels führen« – rief Don Isaak – »nach dem Hause meiner Freundin Schnapper-Elle, das hier in der Nähe. Schon rieche ich ihren holden Duft, nämlich der Garküche. O wüßtest du, Abraham, wie dieser Duft mich anspricht! Er ist es, der mich, seit ich in dieser Stadt verweile, so oft hinlockt nach den Zelten Jakobs. Der Verkehr mit dem Volke Gottes ist sonst nicht meine Liebhaberei, und wahrlich nicht um hier zu beten, sondern um zu essen besuche ich die Judengasse...«

»Du hast uns nie geliebt, Don Isaak...«

»Ja« – fuhr der Spanier fort – »ich liebe Eure Küche weit mehr als Euren Glauben; es fehlt ihm die rechte Sauce. Euch selber habe ich nie ordentlich verdauen können. Selbst in Euren besten Zeiten, selbst unter der Regierung meines Ahnherrn Davids, welcher König war über Juda und Israel, hätte ich es nicht unter Euch aushalten können, und ich wäre gewiß eines frühen Morgens aus der Burg Sion entsprungen und nach Phönizien emigriert, oder nach Babylon, wo die Lebenslust schäumte im Tempel der Götter...«

»Du lästerst, Isaak, den einzigen Gott« – murmelte finster der Rabbi – »du bist weit schlimmer als ein Christ, du bist ein Heide, ein Götzendiener...«

»Ja, ich bin ein Heide, und eben so zuwider wie die dürren, freudlosen Hebräer sind mir die trüben, qualsüchtigen Nazarener. Unsre liebe Frau von Sidon, die heilige Astarte, mag es mir verzeihen, daß ich vor der schmerzenreichen Mutter des Gekreuzigten niederknie und bete... Nur mein Knie und meine Zunge huldigt dem Tode, mein Herz blieb treu dem Leben!...«

»Aber schau nicht so sauer« – fuhr der Spanier fort in seiner Rede, als er sah wie wenig dieselbe den Rabbi zu erbauen schien – »schau mich nicht an mit Abscheu. Meine Nase ist nicht abtrünnig geworden. Als mich einst der Zufall, um Mittagszeit, in diese Straße führte, und aus den Küchen der Juden mir die wohlbekannten Düfte in die Nase stiegen: da erfaßte mich jene Sehnsucht, die unsere Väter empfanden, als sie zurückdachten an die Fleischtöpfe Ägyptens; wohlschmeckende Jugenderinnerungen stiegen in mir auf; ich sah wieder im Geiste die Karpfen mit brauner Rosinensauce, die meine Tante für den Freitagabend so erbaulich zu bereiten wußte; ich sah wieder das gedämpfte Hammelfleisch mit Knoblauch und Mairettig, womit man die Toten erwecken kann, und die Suppe mit schwärmerisch schwimmenden Klößchen... und meine Seele schmolz, wie die Töne einer verliebten Nachtigall, und seitdem esse ich in der Garküche meiner Freundin Donna Schnapper-Elle!«

Diese Garküche hatte man unterdessen erreicht; Schnapper-Elle selbst stand an die Türe ihres Hauses, die Meßfremden, die sich hungrig hineindrängten, freundlich begrüßend. Hinter ihr, den Kopf über ihre Schulter hinauslehnend, stand der lange Nasenstern und musterte neugierig ängstlich die Ankömmlinge. Mit übertriebener Grandezza nahte sich Don Isaak unserer Gastwirtin, die seine schalkhaft tiefen Verbeugungen mit unendlichen Knicksen erwiderte; drauf zog er den Handschuh ab von seiner rechten Hand, umwickelte sie mit dem Zipfel seines Mantels, ergriff damit die Hand der Schnapper-Elle, strich sie langsam über die Haare seines Stutzbartes und sprach:

»Sennora! Eure Augen wetteifern mit den Gluten der Sonne! Aber obgleich die Eier, je länger sie gekocht werden, sich desto mehr verhärten, so wird dennoch mein Herz nur um so weicher je länger es von den Flammenstrahlen Eurer Augen gekocht wird! Aus der Dotter meines Herzens flattert hervor der geflügelte Gott Amor und sucht ein trauliches Nestchen in Eurem Busen... Diesen Busen, Sennora, womit soll ich ihn vergleichen? Es gibt in der weiten Schöpfung keine Blume, keine Frucht, die ihm ähnlich wäre! Dieses Gewächs ist einzig in seiner Art. Obgleich der Sturm die zartesten Röslein entblättert, so ist doch Eur Busen eine Winterrose, die allen Winden trotzt! Obgleich die saure Zitrone, je mehr sie altert, nur desto gelber und runzlichter wird, so wetteifert dennoch Eur Busen mit der Farbe und Zartheit der süßesten Ananas! O Sennora, ist auch die Stadt Amsterdam so schön, wie Ihr mir gestern und vorgestern und alle Tage erzählt habt, so ist doch der Boden worauf sie ruht noch tausendmal schöner...«

Der Ritter sprach diese letzteren Worte mit erheuchelter Befangenheit und schielte schmachtend nach dem großen Bilde, das an Schnapper-Elles Halse hing; der Nasenstern schaute von oben herab mit suchenden Augen, und der belobte Busen setzte sich in eine so wogende Bewegung, daß die Stadt Amsterdam hin und her wackelte.

»Ach!« – seufzte die Schnapper-Elle – »Tugend ist mehr wert als Schönheit. Was nützt mir die Schönheit? Meine Jugend geht vorüber, und seit Schnapper tot ist – er hat wenigstens seine Hände gehabt – was hilft mir da die Schönheit?«

Und dabei seufzte sie wieder, und wie ein Echo, fast unhörbar, seufzte hinter ihr der Nasenstern.

»Was Euch die Schönheit nützt?« – rief Don Isaak – »O, Donna Schnapper-Elle, versündigt Euch nicht an der Güte der schaffenden Natur! Schmäht nicht ihre holdesten Gaben! Sie würde sich furchtbar rächen. Diese beseligenden Augen würden blöde verglasen, diese anmutigen Lippen würden sich bis ins Abgeschmackte verplatten, dieser keusche, liebesuchende Leib würde sich in eine schwerfällige Talgtonne verwandeln, die Stadt Amsterdam würde auf einen muffigen Morast zu ruhen kommen –«

Und so schilderte er Stück vor Stück das jetzige Aussehn der Schnapper-Elle, so daß der armen Frau sonderbar beängstigend zu Mute ward, und sie den unheimlichen Reden des Ritters zu entrinnen suchte. In diesem Augenblicke war sie doppelt froh als sie der schönen Sara ansichtig ward und sich angelegentlichst erkundigen konnte, ob sie ganz von ihrer Ohnmacht genesen. Sie stürzte sich dabei in ein lebhaftes Gespräch, worin sie alle ihre falsche Vornehmtuerei und echte Herzensgüte entwickelte, und mit mehr Weitläufigkeit als Klugheit die fatale Geschichte erzählte, wie sie selbst vor Schrecken fast in Ohnmacht gefallen wäre, als sie wildfremd mit der Trekschuite zu Amsterdam ankam, und der spitzbübische Träger ihres Koffers sie nicht in ein ehrbares Wirtshaus, sondern in ein freches Frauenhaus brachte, was sie bald gemerkt an dem vielen Branntweingesöffe und den unsittlichen Zumutungen... und sie wäre, wie gesagt, wirklich in Ohnmacht gefallen, wenn sie es, während den sechs Wochen, die sie in jenem verfänglichen Hause zubrachte, nur einen Augenblick wagen durfte die Augen zu schließen...

»Meiner Tugend wegen« – setzte sie hinzu – »durfte ich es nicht wagen. Und das alles passierte mir wegen meiner Schönheit! Aber Schönheit vergeht und Tugend besteht.«

Don Isaak war schon im Begriff die Einzelheiten dieser Geschichte kritisch zu beleuchten, als glücklicherweise der schele Aron Hirschkuh, von Homburg an der Lahn, mit der weißen Serviette im Maule, aus dem Hause hervorkam, und ärgerlich klagte, daß schon längst die Suppe aufgetragen sei und die Gäste zu Tische säßen und die Wirtin fehle - - - - - -

(Der Schluß und die folgenden Kapitel sind, ohne Verschulden des Autors, verloren gegangen.)

Über tredition

Eigenes Buch veröffentlichen

tredition wurde 2006 in Hamburg gegründet und hat seither mehrere tausend Buchtitel veröffentlicht. Autoren veröffentlichen in wenigen leichten Schritten gedruckte Bücher, e-Books und audio-Books. tredition hat das Ziel, die beste und fairste Veröffentlichungsmöglichkeit für Autoren zu bieten.

tredition wurde mit der Erkenntnis gegründet, dass nur etwa jedes 200. bei Verlagen eingereichte Manuskript veröffentlicht wird. Dabei hat jedes Buch seinen Markt, also seine Leser. tredition sorgt dafür, dass für jedes Buch die Leserschaft auch erreicht wird.

Im einzigartigen Literatur-Netzwerk von tredition bieten zahlreiche Literatur-Partner (das sind Lektoren, Übersetzer, Hörbuchsprecher und Illustratoren) ihre Dienstleistung an, um Manuskripte zu verbessern oder die Vielfalt zu erhöhen. Autoren vereinbaren direkt mit den Literatur-Partnern die Konditionen ihrer Zusammenarbeit und partizipieren gemeinsam am Erfolg des Buches.

Das gesamte Verlagsprogramm von tredition ist bei allen stationären Buchhandlungen und Online-Buchhändlern wie z. B. Amazon erhältlich. e-Books stehen bei den führenden Online-Portalen (z. B. iBookstore von Apple oder Kindle von Amazon) zum Verkauf.

Einfach leicht ein Buch veröffentlichen: **www.tredition.de**

Eigene Buchreihe oder eigenen Verlag gründen

Seit 2009 bietet tredition sein Verlagskonzept auch als sogenanntes "White-Label" an. Das bedeutet, dass andere Unternehmen, Institutionen und Personen risikofrei und unkompliziert selbst zum Herausgeber von Büchern und Buchreihen unter eigener Marke werden können. tredition übernimmt dabei das komplette Herstellungs- und Distributionsrisiko.

Zahlreiche Zeitschriften-, Zeitungs- und Buchverlage, Universitäten, Forschungseinrichtungen u.v.m. nutzen diese Dienstleistung von tredition, um unter eigener Marke ohne Risiko Bücher zu verlegen.

Alle Informationen im Internet: **www.tredition.de/fuer-verlage**

tredition wurde mit mehreren Innovationspreisen ausgezeichnet, u. a. mit dem Webfuture Award und dem Innovationspreis der Buch Digitale.

tredition ist Mitglied im Börsenverein des Deutschen Buchhandels.

Dieses Werk elektronisch lesen

Dieses Werk ist Teil der Gutenberg-DE Edition DVD. Diese enthält das komplette Archiv des Projekt Gutenberg-DE. Die DVD ist im Internet erhältlich auf **http://gutenbergshop.abc.de**

Zeitfracht Medien GmbH
Ferdinand-Jühlke-Straße 7
99095 Erfurt, Deutschland
produktsicherheit@kolibri360.de